Javier Marías

Cuando fui mortal

Javier Marías nació en Madrid en 1951. Es autor de las novelas *Los dominios del lobo*, *Travesía del horizonte*, *El monarca del tiempo*, *El siglo*, *El hombre sentimental*, *Todas las almas*, *Corazón tan blanco*, *Mañana en la batalla piensa en mí*, *Negra espalda del tiempo*, la trilogía *Tu rostro mañana*, entre otros muchos relatos, ensayos, antologías y traducciones. Ha recibido numerosos premios, entre los que cabe destacar el IMPAC Dublin Literary Award, el Premi Internazionali Flaiano, el Premio Internacional de Novela Rómulo Gallegos, el Premio de la Crítica y el Prix Femina Étranger. Fue profesor en la Universidad de Oxford y en la Complutense de Madrid. Sus obras se han traducido a treinta y cuatro lenguas y se han publicado en cuarenta y cuatro países.

Javier Marías

Cuando fui mortal

Prólogo de Elide Pittarello

Vintage Español
Una división de Random House, Inc.
Nueva York

PRIMERA EDICIÓN VINTAGE ESPAÑOL, SEPTIEMBRE 2012

Copyright © 1996 por Javier Marías
Copyright del prólogo © 2006 por Elide Pittarello

Todos los derechos reservados. Publicado en coedición con
Random House Mondadori, S. A., Barcelona, en los Estados Unidos de
América por Vintage Español, una división de Random House, Inc.,
Nueva York, y en Canadá por Random House of Canada Limited,
Toronto. Esta edición fue originalmente publicada en España por
Random House Mondadori, S. A., Barcelona, en 2006.
Copyright de la presente edición para todo el mundo
© 2006 por Random House Mondadori, S. A.

Vintage es una marca registrada y Vintage Español y su colofón
son marcas de Random House, Inc.

Información de catalogación de publicaciones disponible en
la Biblioteca del Congreso de los Estados Unidos.

Vintage ISBN: 978-0-307-95135-9

www.vintageespanol.com

Impreso en los Estados Unidos de América
10 9 8 7 6 5 4 3 2 1

Prólogo

Javier Marías ha publicado hasta ahora numerosas novelas y sólo dos recopilaciones de cuentos. Ésta, que salió en 1996, es la segunda, y recoge, al igual que la anterior —*Mientras ellas duermen*—, piezas escritas casi siempre por encargo de periódicos y revistas. El hecho de que los requisitos previos fueran sugeridos por las circunstancias más heterogéneas no impidió que el autor le diera a cada historia su impronta original. Con respecto a las novelas, en este otro género literario Javier Marías intensifica las pasiones hasta la brutalidad en contextos aún más enigmáticos, más inquietantes, a veces directamente sobrenaturales. Son cuentos que tienden a la gran tradición del género fantástico, estrechando el nudo del amor alusivo y la muerte como móvil de un arte de contar crudo y, a la vez, refractario a la explicación e indiferente a la ética. Son escorzos de conductas que se acercan al supuesto estadio primordial de la naturaleza humana.

Aunque el estilo es mucho más refinado, la dureza de *Cuando fui mortal* se ve recorrida a menudo por un desenfado que entronca con *Los dominios del lobo*, la novela que Javier Marías escribió con dieciocho años y en la que contaba por diversión las barbaridades de una América salvaje y ficticia. Como si la cultura no sirviera para domesticar los conflictos más peligrosos, en casi todas las historias de *Cuando fui mor-*

7

tal existir es prevaricar o humillarse, abusar sexualmente o prostituirse, matar o ser muerto, presentando cualquier daño como una prueba desnuda. Más allá de la moral, son los cuerpos y no las almas el blanco de violencias que horrorizan, de odios que aniquilan. La carne pues como límite quebradizo entre la vida y su negación: el territorio ideal para el cinismo, la crueldad, el mal en estado puro. O la melancolía sin remedio, si el protagonista está transitando ya por un más allá impreciso y atemporal. Es este el caso del relato «Cuando fui mortal», del que deriva el título de toda la recopilación. La frase procede de las palabras que otro fantasma, el que fue en vida Enrique VI, dirige a su asesino dormido, el rey Ricardo III, en la homónima obra de Shakespeare. Una vez más, Javier Marías conjura con esta cita el repertorio de su dramaturgo favorito, para colocar a sus propios espíritus en la línea ilustre de la literatura que sirve para interpretar la vida.

Con este antecedente literario, los fantasmas de Javier Marías se prestan a múltiples funciones, porque a la vez que viajan imaginariamente por un tiempo y un espacio sobrenaturales, representan otros tantos dobles metafóricos del propio escritor. De hecho Javier Marías, que no se ha conformado nunca con la concepción racional del mundo, lleva años identificándose con los poderes del fantasma, la figura que mejor interpreta su idea de literatura.

Consideremos pues el relato «Cuando fui mortal» con esta doble perspectiva. El protagonista desencarnado sufre la maldición de ser eterno y de recordarlo todo acerca de sí mismo y de los que estuvieron en relación con él mientras vivía. No se adapta a su condición y vuelve al mundo que había habitado desandando el trayecto del tiempo y rondando por la extensión del espacio. Gracias al conocimiento sincrónico y ubicuo que lo atormenta, no hay intención humana que se le oculte, lo que marca la diferencia con el tiempo anterior, como puede verse cuando retrocede por ejemplo a su infancia, en época de Franco, con el padre intelectual, la madre elegante y un médico asiduo y cariñoso. Lo que creía saber cuando era mortal nunca coincide con lo que ha descubierto desde que es un fantasma. Nadie era lo que parecía. Todo el mundo engaña a todo el mundo. Y es ese no estar protegido ya por la ignorancia lo que tiñe de infelicidad la condición del fantasma, que ahora, como un narrador omnisciente, lo sabe todo.

Tal es también el destino del fantasma o el escritor que se ocupa del pasado como pérdida, que cuenta nostalgias o retornos imposibles. Ahí está por ejemplo el artículo «La muerte de Aliocha Coll», sobria conmemoración de un amigo suicida que Javier Marías publicó primero en un periódico y luego recogió en la miscelánea *Pasiones pasadas*, el material auténtico del que procede «Todo mal vuelve», una de las doce piezas de *Cuando fui mortal* y de la que el autor dijo que era el relato más autobiográfico de su vida.

El vaivén entre distintos tipos de escritura caracteriza también otros relatos de esta recopilación, como por ejemplo «En el viaje de novios», que había adelantado, con un final distinto, unas pocas páginas de la novela *Corazón tan blanco*. En «La herencia italiana», «Prismáticos rotos» y «Figuras inacabadas», se trata de una vaga amenaza que está a punto de cumplirse, mientras que en otros relatos, como el intrigante «Sangre de lanza» o el sorprendente «Domingo de carne», esa amenaza ha pasado a ser concreta y palpable, y casi se diría que un espectáculo.

No constituye una excepción a estas historias, humorísticas o despiadadas, el último texto de la recopilación, «No más amores», donde se cuenta el delicado vínculo sentimental que una mujer de voz atractiva establece con el fantasma de un hombre joven, nada comprensivo con el desgaste de la vejez que afecta a quien es mortal. También este texto fue, en su origen, un breve artículo. El paso al género del relato permitió al autor injertar otros elementos sobre un tema que le fascina: ecos de la película de Joseph L Mankiewicz, *The Ghost and Mrs Muir*, a la que ya le había dedicado un artículo extenso, así como del relato «Polly Morgan», de Alfred Edgar Coppard, que él mismo seleccionó para su antología *Cuentos únicos*.

Adelantar los argumentos no hace estas historias menos misteriosas. Y quien las cuenta es un escritor que, como se ha dicho, aprecia sobremanera la figura del fantasma; aquella que nos permite ignorar lo que de verdad sucede mientras somos mortales. Y así nos cuida.

ELIDE PITTARELLO

Nota previa

De los doce cuentos que componen este volumen, creo que once fueron hechos por encargo. Esto quiere decir que en esos once no gocé de libertad absoluta, sobre todo en lo que se refirió a la extensión. Tres páginas por aquí, diez por allá, cuarenta y tantas por más allá, las peticiones son muy variadas y uno intenta complacer lo mejor que puede. Sé que en dos de ellos la limitación me fue inconveniente, y por ese motivo se presentan aquí ampliados, con el espacio y el ritmo que —una vez iniciados— les habrían hecho falta. En los demás, incluidos aquellos que cumplían con algún otro capricho ajeno, no tengo la sensación de que el encargo los condicionara apenas, al menos al cabo del tiempo y una vez acostumbrado a que sean como fueron. Uno puede escribir un artículo o un cuento porque se lo encomiendan (no así un libro entero, en mi caso); a veces se le propone hasta el tema, y nada de ello me parece grave si uno logra hacer suyo el proyecto y se divierte escribiéndolo. Es más, sólo concibo escribir algo si me divierto, y sólo puedo divertirme si me intereso. No hace falta añadir que ninguno de estos relatos habría sido escrito sin que yo me interesara por ellos. Y en contra de la cursilería purista que exige para ponerse a la máquina sensaciones tan grandiosas como la 'necesidad' o la 'pulsión' creadoras, siempre 'espontáneas' o muy intensas, no está de más recordar que gran parte de la más sublime producción artística de todos los siglos —sobre todo en pintura y música— fue resultado de encargos o de estímulos aún más prosaicos y serviles.

Dadas las circunstancias, sin embargo, tampoco está de más detallar brevemente cómo y cuándo se publicaron por primera vez estos cuentos y comentar algunas de las imposiciones que acabaron asumiendo y ya les son tan consustanciales como cualquier otro elemento elegido. Se disponen en orden estrictamente cronológico de publicación, que no siempre coincidiría del todo con el de composición.

'El médico nocturno' apareció en la revista *Ronda Iberia* (Madrid, junio de 1991).

'La herencia italiana' se publicó en el suplemento *Los Libros*, del diario *El Sol* (Madrid, 6 de septiembre de 1991).

'En el viaje de novios' apareció en la revista *Balcón* (número especial 'Frankfurt', Madrid, octubre de 1991). Este relato coincide en su situación principal y en muchos párrafos con unas cuantas páginas de mi novela *Corazón tan blanco* (1992, Alfaguara, Madrid, 1999). La escena en cuestión prosigue en dicha novela y aquí en cambio se interrumpe, dando lugar a una resolución distinta que es la que convierte el texto en eso, en un cuento. Es una muestra de cómo las mismas páginas pueden no ser las mismas, según enseñó Borges mejor que nadie en su pieza 'Pierre Menard, autor de *El Quijote*'.

'Prismáticos rotos' se publicó en la revista efímera *La Capital* (Madrid, julio de 1992), con la mayor errata que he sufrido en mi vida: no se imprimió mi primera página mecanoscrita, de modo que el cuento apareció incompleto y empezando brutalmente *in medias res*. Parece ser que, pese a todo, aguantó la mutilación. Se me había pedido que el relato fuera 'madrileño'. La verdad es que no sé muy bien lo que significa eso.

'Figuras inacabadas' vio la luz en *El País Semanal* (Madrid y Barcelona, 9 de agosto de 1992). En esta ocasión el encargo era sádico: en tan breve espacio debían aparecer cinco elementos, que, si mal no recuerdo, eran estos: el mar, una tormenta, un animal... He olvidado los otros dos, buena prueba de que están ya asumidos sin remisión.

'Domingo de carne' apareció en *El Correo Español-El Pueblo Vasco* y en el *Diario Vasco* (Bilbao y San Sebastián, 30 de agosto de 1992). En este brevísimo cuento había un requisito: que fuera veraniego, creo yo.

'Cuando fui mortal' se publicó en *El País Semanal* (Madrid y Barcelona, 8 de agosto de 1993).

'Todo mal vuelve' formó parte del libro *Cuentos europeos* (1994). Creo que es lo más autobiográfico que he escrito en mi vida, como fácilmente comprobaría quien leyera además mi artículo 'La muerte de Aliocha Coll', incluido en *Pasiones pasadas* (1991, Alfaguara, Madrid, 1999).

'Menos escrúpulos' apareció en el libro no venal *La condición humana* (FNAC, Madrid, 1994). Este es uno de los dos relatos ampliados para esta edición, en un quince por ciento aproximadamente.

'Sangre de lanza' se publicó en el diario *El País* por entregas (27, 28, 29, 30 y 31 de agosto y 1 de septiembre de 1995). El requisito para este relato fue que perteneciera más o menos al género policiaco o de intriga. Es el otro texto aquí ampliado, aproximadamente en un diez por ciento.

'En el tiempo indeciso' formó parte del libro *Cuentos de fútbol* (selección y prólogo de Jorge Valdano) (Alfaguara, Madrid, 1995). Aquí, obviamente, el requisito fue que el cuento tuviera eso, fútbol.

'No más amores', finalmente, se publica en esta colección por vez primera, si bien la historia que cuenta estaba contenida —comprimida— en mi artículo 'Fantasmas leídos', de la recopilación *Literatura y fantasma* (Ediciones Siruela, Madrid, 1993; Alfaguara, Madrid, 2001, edición ampliada). Allí se atribuía esta historia a un inexistente 'Lord Rymer' (de hecho el nombre de un personaje secundario de mi novela *Todas las almas* (1989, Alfaguara, Madrid, 1998), un *warden* o director de *college* oxoniense sumamente borracho), supuesto experto e investigador de fantasmas reales, si es que estos dos vocablos no se repelen. No me gustaba la idea de que este breve cuento quedara sepultado sólo en medio de un artículo y en forma casi embrionaria, de ahí su mayor desarrollo en esta pieza nueva. Tiene ecos conscientes, deliberados y reconocidos de una película y de otro relato: *The Ghost and Mrs Muir*, de Joseph L. Mankiewicz, sobre la que escribí un artículo incluido en mi libro *Vida del fantasma* (El País-Aguilar, Madrid, 1995; Alfaguara, Madrid, 2001, edición ampliada), y 'Polly Morgan', de Alfred Edgar Coppard, que incluí en mi selección *Cuentos únicos* (Ediciones Siruela, 1989; Reino de Redonda, Madrid, 2004, edición ampliada). Todo queda en casa, y no se trata de engañar a nadie: por eso el personaje principal de No más amores se llama 'Molly Morgan Muir' y no otra cosa.

Estos doce cuentos son posteriores a los de mi otro volumen del género, *Mientras ellas duermen* (1990, Alfaguara, Madrid, 2000). Siguen quedando fuera algunos otros, escritos muy libremente y sin que mediara encargo: me parece aconsejable, sin embargo, que aún permanezcan en la oscuridad o dispersos.

JAVIER MARÍAS
Noviembre de 1995

Índice

El médico nocturno

Para LB, en el presente,
y DC, en el pasado

Ahora que sé que mi amiga Claudia ha enviudado de muerte natural del marido, no he podido evitar acordarme de una noche en París hace seis meses: había salido después de la cena de siete personas para acompañar hasta su casa a una de las invitadas, que no tenía coche pero vivía cerca, quince minutos andando a la ida y quince a la vuelta. Me había parecido una joven algo alocada y bastante simpática, una italiana amiga de mi anfitriona Claudia, también italiana, en cuyo piso de París me alojaba durante unos días, como en otras ocasiones. Era mi última noche de aquel viaje. La joven, cuyo nombre ya no recuerdo, había sido invitada para complacerme y para diversificar un poco la mesa, o mejor dicho, para que las dos lenguas habladas estuvieran más repartidas.

Todavía durante el paseo tuve que chapurrear italiano, como había hecho durante media cena. Durante la otra media era francés lo que había chapurreado aún peor, y a decir verdad estaba ya harto de no poder expresarme correctamente con nadie. Tenía ganas de resarcirme, pero esa noche ya no habría posibilidad, pensaba, pues para cuando regresara a la casa mi amiga Claudia, que habla un español convincente, ya se habría acostado con su maduro y gigantesco marido y hasta la mañana siguiente no habría ocasión de cruzar unas palabras bien armadas y pronunciadas. Sentía impulsos verbales, pero debía reprimirlos. Desconecté durante el paseo: dejé que fuera la amiga italiana de mi amiga italiana quien hablara con propiedad en su lengua, y yo, contra mi voluntad y deseo, me limitaba a asentir y a comentar de vez en cuando: '*Certo, certo*', sin prestar atención, cansado como estaba por el vino y hastiado por el esfuerzo lingüístico. Mientras caminábamos echando vaho sólo me percataba de que decía cosas sobre nuestra común amiga, como era por lo demás natural, ya que fuera de la reunión de siete de la que procedíamos no teníamos nada de lo que ponernos al tanto. Al menos eso creía. '*Ma certo*', seguía comentando yo sin ningún sentido, mientras ella, que se daría cuenta de mis omisiones, continuaba un poco para sí sola o quizá por cortesía. Hasta que de pronto, siempre hablando de Claudia, hubo una frase que comprendí muy bien como frase y en absoluto como significado, ya que la comprendí sin querer y aislada de todo contexto. '*Claudia sarà ancora con il dottore*', fue lo que dijo su amiga a mi entendimiento. No hice mucho caso, porque estábamos llegando ya a su portal y yo tenía prisa por hablar mi lengua o al menos quedarme a solas pensando en ella.

En aquel portal había una figura esperando, y ella añadió: '*Ah no, ecco il dottore*', o algo por el estilo. Entendí que aquel doctor venía a visitar a su marido, quien por hallarse indispuesto no la había acompañado a la cena. El doctor era un hombre de mi edad o casi joven y que resultó ser español. Quizá fue sólo por eso por lo que fuimos presentados, aunque muy brevemente (ellos dos hablaron entre sí en francés, el de mi compatriota inconfundible acento), y aunque de buen grado me habría quedado un rato charlando con él para satisfacer mis ansias de verbalidad correcta, la amiga de mi amiga no me invitó a subir, sino que apresuró la despedida, dando a entender o diciendo que el doctor Noguera llevaba ya allí minutos, esperándola. Este médico compatriota portaba maletín negro, como los de otra época, y tenía un rostro anticuado, como salido de los años treinta: un hombre bien parecido pero huesudo y pálido, con pelo rubio de piloto de caza, peinado hacia atrás. Como él, pensé un momento, debió haber muchos en París después de la guerra, médicos exiliados republicanos.

Al regresar a la casa me sorprendió ver aún encendida la luz del estudio, por delante de cuya puerta yo debía pasar camino de la habitación de invitados. Me asomé, suponiendo un olvido y dispuesto a apagarla, y entonces vi que mi amiga estaba aún levantada, acurrucada en un sillón, en camisón y bata. Nunca la había visto en camisón y bata pese a llevar tantos años hospedándome en sus diferentes casas cada vez que iba a París unos días: eran ambas prendas de color salmón, un lujo. Aunque el marido gigantesco que tenía desde hacía seis años era muy adinerado, también era muy tacaño debido a su carácter, a su nacionalidad o a su edad, comparativamente avanzada respecto a la de Claudia, y mi amiga se había quejado muchas veces de no poder comprar nunca nada que no fuera para embellecer la casa, grande y cómoda y, según ella, la única manifestación visible de su riqueza. Por lo demás, vivían más modestamente de lo que podían permitirse, es decir, por debajo de sus posibilidades.

Yo no había tenido casi trato con él, fuera de alguna que otra cena como la de aquella velada, que son perfectas para no tratar ni conocer a nadie que no se conozca ya de antemano. Ese marido, que respondía por el extravagante y ambiguo nombre de Hélie (algo femenino a mis oídos), lo veía yo como un apéndice, ese tipo de apéndice tolerable que muchas mujeres todavía atractivas, solteras o divorciadas, son proclives a injertarse cuando rozan los cuarenta años, o quizá los cuarenta y cinco: un hombre responsable y bastante mayor, con cuyos intereses no tienen nada que ver y con el que jamás se ríen, que sin embargo les sirve para seguir vigentes en la vida social y organizar cenas de siete como la de aquella noche. Hélie era llamativo por su tamaño: medía casi dos metros y estaba gordo, sobre todo en el pecho, una especie de peonza ciclópea rematada por dos piernas tan flacas que parecían sólo una; cuando me lo cruzaba por el pasillo, siempre se bamboleaba y llevaba las manos muy extendidas, cerca de las paredes, para tener un punto de apoyo si se resbalaba; en las cenas debía ocupar por fuerza una cabecera, porque de otro modo el lateral en que se hubiera instalado habría quedado copado por su desmedida figura y descompensado, él a solas frente a cuatro comensales pasando apreturas. No hablaba más que francés, y según Claudia era una lumbrera en su campo, que era el de la abogacía. Al cabo de seis años de matrimonio, no es que viera a mi amiga decepcionada, pues nunca había mostrado entusiasmo, sino incapaz de disimular, ni ante extraños, la irritación que nos causan siempre quienes nos están sobrando.

—¿Qué sucede? ¿Aún despierta? —le dije con el alivio de poder expresarme por fin en mi lengua.

—Sí. Es que me encuentro muy mal. Va a venir un médico.

—¿A estas horas?

—Un médico nocturno, uno de guardia. Muchas noches debo llamarlo.

—Pero ¿qué tienes? No me habías dicho nada.

Claudia bajó la luz graduable que tenía encendida junto al sillón, como si antes de responder quisiera estar en penumbra, o que yo no distinguiera sus expresiones involuntarias, nuestros rostros, cuando hablan, se llenan de expresiones involuntarias.

—Nada, cosas de mujeres. Pero me duele mucho cuando me da. El médico me pone una inyección que me calma el dolor.

—Ya. ¿Y Hélie no podría aprender a ponértela?

Claudia me miró con exagerada reserva y lo que ahora bajó fue la voz para contestar a esta pregunta, no la había bajado para contestar a las otras.

—No, no puede. Le tiembla demasiado el pulso, no me fío. Si me la pusiera él no me haría efecto, estoy segura, o a lo mejor se confundía y me inyectaba otra cosa, cualquier veneno. El médico que suelen mandar es un médico muy amable, y además, para eso están los de guardia, para venir a las casas a altas horas de la noche. Es español, por cierto. Llegará de un momento a otro.

—¿Un médico español?

—Sí, creo que de Barcelona. Bueno, no sé si tendrá la nacionalidad francesa, debe tenerla para ejercer. Lleva aquí muchos años.

Claudia se había cambiado de peinado desde que yo había salido de la casa para acompañar a su amiga. Quizá se había limitado a deshacerse el moño para acostarse, pero lo que ahora llevaba me parecía un peinado, no un despeinado de final del día.

—¿Quieres que te haga compañía mientras esperas o prefieres estar sola si te duele? —pregunté retóricamente, ya que, teniéndola levantada, no estaba dispuesto a irme finalmente a la cama sin cumplir mi deseo de cruzar unas palabras y descansar de las abominables lenguas y el vino de la velada. Y antes de que contestara añadí, para que no pudiera contestarme—: Muy agradable tu amiga. Me ha dicho que tenía al marido enfermo, noche ajetreada para los médicos de este barrio.

Claudia dudó unos segundos y me pareció que me miraba otra vez con reserva mientras no decía nada. Luego dijo, ya sin mirarme:

—Sí, tiene un marido, aún más insoportable que el mío. El suyo es joven, un poco mayor que ella, pero lo tiene desde hace diez años y es igual de tacaño. Ella no gana bastante con su trabajo, como me pasa a mí, y él le raciona hasta el agua caliente. Una vez utilizó la ya usada de la bañera para regar las plantas, que se murieron al poco tiempo. Cuando salen juntos no la invita ni a un café, cada uno debe pagar lo suyo, por lo que a veces ella no toma nada mientras él se da una merienda. Puesto que ella gana poco, es uno de esos hombres que piensan que quien gana menos en un matrimonio se aprovecha necesariamente del otro. Está obsesionado con eso. Le vigila las llamadas, en el aparato ha colocado un dispositivo que impide llamar fuera de la ciudad, así que para hablar con su familia en Italia debe irse a una cabina con monedas o la tarjeta.

—¿Por qué no se separa?

Claudia tardó en contestar:

—No lo sé, por lo mismo que yo no me separo, aunque mi situación no es tan grave. Supongo que es verdad que gana menos, supongo que es cierto que se aprovecha; supongo que tienen razón los hombres que andan obsesionados con el dinero que gastan o logran ahorrarse con sus mujeres que ganan menos; pero para eso es el matrimonio, todo tiene sus compensaciones y viene pagado. —Claudia bajó aún más la luz de la lámpara y quedamos casi a oscuras. Su camisón y su bata parecían rojos ahora, por efecto de la oscuridad en aumento. También bajó aún más la voz, hasta convertirla en un susurro colérico—. ¿Por qué crees que tengo estos dolores, que tengo que llamar a un médico para que me inyecte un sedante? Menos mal que sólo ocurre en noches de cenas o fiestas, cuando come y bebe y está animado. Cuando ha visto que otros me han visto. Piensa en los otros y en sus ojos, en lo que los otros ignoran pero dan por descontado o suponen, y entonces quiere hacerlo efectivo, no descontado ni supuesto ni ignorado. No imaginario. Entonces no le basta con imaginarlo. —Calló un momento y añadió—: Esa mole es un suplicio.

Aunque nuestra amistad venía de muchos años, nunca habíamos incurrido en esta clase de confidencias. No es que me molestara, al contrario, nada me gusta tanto como llegar a este tipo de revelaciones. Pero no estaba acostumbrado con ella, así que puede que me sonrojara un poco (pero ella no me vería) y sólo contesté torpemente, esto es, quizá disuadiéndola de seguir, lo contrario de lo que quería:

—Comprendo.

Sonó el timbre de la puerta, una llamada débil, lo imprescindible, como se llama a una casa en la que ya se está alerta o se espera al que llama.

—Es el médico nocturno —dijo Claudia.

—Te dejo. Buenas noches y que se te pase.

Salimos juntos del estudio, ella se dirigió hacia la entrada y yo en la dirección opuesta, hacia la cocina, donde pensaba leer el periódico un rato antes de acostarme, de noche era la habitación menos fría de la casa. Pero antes de doblar el recodo del pasillo que me llevaría hasta allí, me detuve un momento y me di la vuelta y miré hacia la puerta de entrada, que Claudia abría en aquel instante, tapando con su espalda de color salmón la figura del médico que llegaba. Oí que le decía en español: 'Buenas noches', y sólo logré ver, en la mano izquierda del doctor, que sobresalía del cuerpo vuelto de mi amiga italiana, un maletín idéntico al del otro médico que me había sido presentado en el portal de su amiga también italiana cuyo nombre no recuerdo. Habrá venido en coche, pensé del médico.

Cerraron la puerta y avanzaron por el pasillo sin verme, Claudia delante, y entonces me encaminé hacia la cocina. Allí tomé asiento y me serví ginebra (un disparate la mezcla), y desplegué el periódico español que había comprado por la tarde. Era del día anterior, pero para mí las noticias eran nuevas.

Oí cómo mi amiga y el médico entraban en la habitación de los niños, que estaban pasando el fin de semana con otros niños, en otra casa. Ese cuarto, con un largo tramo de pasillo por medio, quedaba justo enfrente de la cocina, así que al cabo de unos minutos desplacé la silla en la que había tomado asiento hasta poder captar, con el rabillo del ojo, el marco de su puerta. Había quedado entornada, habían encendido una luz muy tenue, tan tenue, me dije, como la que había iluminado el estudio mientras ella y yo conversábamos y ella esperaba. No los veía, no oía nada tampoco. Volví a mi periódico y leí, pero al cabo de un rato desvié la mirada otra vez porque sentí que ahora había una presencia en el marco de su puerta, la de ellos entornada. Y entonces vi al médico, de perfil, con una inyección en su mano izquierda, alzada. Sólo vi la figura un instante, ya que estaba a contraluz, no pude verle la cara. Vi que era zurdo: era el momento en que los médicos y practicantes elevan su inyección en el aire y la aprietan un poco, para comprobar que sale líquido y que no hay peligro de obturación o, lo que es más grave, peligro de inyectar aire. Así lo hacía Cayetano, el practicante, en mi casa cuando yo era niño. Después de hacer este gesto dio un paso adelante y desapareció de mi campo visual de nuevo. Claudia debía de haberse echado en la cama de uno de los niños, de donde seguramente venía la luz, para mí tan tenue y para el médico suficiente. Supuse que la inyección sería en las nalgas.

Volví a mi periódico, y pasó demasiado tiempo antes de que se enmarcaran de nuevo en la puerta, ella o el médico republicano, ninguno. Tuve entonces una sensación vaga de entrometimiento, se me ocurrió que tal vez esperaran justamente a que yo me retirara a mi cuarto para salir y separarse. También pensé si, enfrascado como había estado en la lectura de una noticia deportiva polémica, habrían salido en silencio y yo no me habría dado cuenta. Procurando no hacer ruido para en todo caso no despertar al viejo Hélie, que dormiría desde hacía rato, me dispuse a retirarme. Antes de salir de la cocina con mi periódico bajo el brazo apagué la luz, y la luz apagada y mi quietud de un instante (el instante previo a dar un primer paso por el pasillo) coincidieron con la reaparición en su marco de las dos figuras, la de mi amiga Claudia y la del doctor nocturno. Se pararon en el umbral, y desde mi oscuridad vi cómo escrutaban en mi dirección, o eso creí. En aquel momento, en que lo que vieron fue la luz de la cocina apagada y yo aún no hice el menor movimiento, sin duda pensaron que, sin advertirlo ellos, yo ya me había marchado a mi cuarto. Si les dejé creer semejante cosa, si de hecho seguí sin hacer el menor movimiento después de verlos, fue porque el médico, a contraluz siempre, volvía a enarbolar una inyección en su mano izquierda, y Claudia, con su camisón y su bata, estaba cogida de su otro brazo como si le infundiera valor con su tacto, o con su respiración aplomo. Así cogidos de su inminencia dieron unos pasos fuera de la habitación de los niños y dejé de verlos, pero oí cómo se abría la puerta de la alcoba matrimonial, en la que Hélie estaría durmiendo, y oí cómo se cerraba. Pensé que quizá escucharía a continuación los pasos del médico prosiguiendo su marcha tras dejar a Claudia en su cuarto, para abandonar la casa una vez cumplida su misión sanitaria. Pero no fue así, lo penúltimo que oí aquella noche fue cómo se cerraba la puerta del matrimonio, en el que también se había introducido un médico nocturno con paso quedo y una inyección en la mano izquierda.

Con mucho cuidado (me descalcé), recorrí todo el pasillo hasta llegar a mi habitación. Me desvestí, me metí en la cama y acabé el periódico. Antes de apagar la luz esperé unos segundos, y fue en esos breves segundos de espera cuando por fin oí la puerta de la calle y la voz de Claudia, que despedía al médico con estas españolas palabras: 'Hasta dentro de quince días, entonces. Buenas noches y gracias'. La verdad es que me quedé con ganas de hablar un poco más en mi lengua aquella noche, en que perdí por dos veces la ocasión de hacerlo con un médico compatriota.

A la mañana siguiente yo regresaba a Madrid. Antes de salir pude preguntarle a Claudia cómo estaba y me dijo que bien, los dolores habían pasado. Hélie, en cambio, se encontraba indispuesto por los varios excesos de la noche anterior y se disculpaba por no poder despedirme.

Hablé con él por teléfono con posterioridad (esto es, cogió él el teléfono alguna vez que llamé desde Madrid a Claudia en los siguientes meses), pero la última vez que lo vi fue cuando salí de su casa aquella noche, tras la cena de siete personas, para acompañar a la amiga italiana cuyo nombre no recuerdo ahora. Precisamente porque no lo recuerdo no sé si la próxima vez que vaya a París me atreveré a preguntarle a Claudia por ella, pues ahora que Hélie ha muerto, no quisiera correr el riesgo de enterarme acaso de que también ella ha quedado viuda desde mi marcha.

La herencia italiana

Lo stesso

Tengo dos amigas italianas que viven en París. Hasta hace un par de años no se conocían, no se habían visto, yo las presenté un verano, yo fui el vínculo y me temo que sigo siéndolo, aunque ellas no se han vuelto a ver. Desde que se conocieron, o mejor, desde que se vieron y ambas saben que conozco a ambas, sus vidas han cambiado demasiado rápido y no tanto paralelamente cuanto consecutivamente. Ya no sé si debo cortar con la una para liberar a la otra o cambiar el sesgo de mi relación con la otra para que la una desaparezca de la vida de aquélla. No sé qué hacer, no sé si hablar.

En principio no tenían nada que ver, aparte de un común y considerable interés por los libros, y sus respectivas bibliotecas por tanto, hechas ambas con paciencia y devoción y esmero. La más antigua amiga, Giulia, era sin embargo una aficionada: hija de un viejo embajador *misino* (neofascista, es decir), estaba casada, tenía dos hijos, alquilaba algunos pisos de su propiedad en Roma, vivía de ello y no trabajaba, disponía de casi todo su tiempo para su pasión, leer, y, en el máximo de la sociabilidad, recibir a escritores en pálida emulación de las *salonnières* francesas del XVIII como Madame du Deffand (los tiempos no dan para más). La más reciente amiga, Silvia, era en cambio una profesional: dirigía una colección, era algo más joven, soltera, sin patrimonio, vivía con ciertos apuros gracias a entrevistas y artículos librescos para la prensa de su país; no recibía a nadie sino que salía a encontrarse con los escritores en los cafés, en los cines, acaso para cenar. A mí mismo, aunque extranjero para ellas y extranjero en la ciudad, Silvia salía a encontrarme y Giulia me recibía. Cuando Giulia me recibía, el marido solía irse durante esas horas porque odiaba todo lo español. Era un hombre mayor, veinte años más viejo que su mujer, también escritor (pero de tratados de ingeniería), poseía una incierta fortuna de la que se servía Giulia con moderación. Hubo un verano en el que el marido debió ausentarse de más por razones profesionales. Desde la ventana de la cocina, Giulia empezó a fijarse en un joven que vivía un piso más abajo. Lo veía siempre sentado, con unas gafas puestas y sin camisa, aparentemente estudiando. Más tarde se lo cruzó en la escalera, y antes de que regresara el marido ambos eran amantes, se escribían cartas de buzón a buzón, sin remite. Tan sólo un mes después el marido pidió el divorcio y abandonó la casa. El vecino subía y bajaba.

Fue por entonces cuando la otra amiga, Silvia, me anunció que se iba a casar. Uno de aquellos escritores mayores con los que salía al café o al cine se le había hecho demasiado acostumbrado para prescindir de él. Era un hombre veinte años mayor que ella, muy inteligente (decía), escribía tratados sobre el Islam, gozaba de cierto renombre y de una fortuna personal heredada de su primera mujer, muerta diez años antes. Lo único que me alertó ya entonces fue que, según me contó Silvia entre risas, odiaba todo lo español, por lo que tal vez ella tendría que seguir viéndome en los cafés y los cines cuando estuviera en París. Pensé que aquel odio podía ser musulmán.

Mientras tanto Giulia, la primera amiga, se dedicó a llevar con el falso estudiante (las gafas lo juvenilizaban, era un hombre de treinta y tantos, la edad de ella, y tenía un buen trabajo, psicólogo de una multinacional) el tipo de vida que por edad y carácter su marido no había querido o podido llevar: no sólo en verano, como hace buena parte de la población mundial, sino en todos los periodos de vacaciones efectuaban complicados viajes a lugares remotos: en el plazo de nueve meses visitaron Bali, Malaysia, por fin Tailandia. Fue en Tailandia donde el psicólogo o falso estudiante se puso enfermo por causas desconocidas, despertando su caso tanto interés entre los doctores del hospital que hasta el médico de la Reina se acercó por allí a echarle un vistazo. Nadie supo qué había tenido, pero al cabo de quince angustiosos días sanó y pudieron regresar a París.

Más o menos fue por entonces cuando, inesperadamente (del matrimonio habían transcurrido meses, en vez de años), Silvia, durante un periodo de inmovilidad de su marido islámico debido a una caída por las escaleras de su nueva casa conyugal (tantas casas en París sin ascensor), conoció en un cine (al que esta vez fue sola) a un joven de su edad por el que al cabo de unas semanas de más cine y cafés e inmovilidad marital había concebido una pasión tan fuerte que no tuvo más remedio que plantearse un divorcio raudo y reconocer su error (esto es, su impaciencia, o su debilidad, o su sumisión al hábito, o su resignación). Aquel joven era bastante más rico que el viejo escritor: se trataba del subdirector de una empresa conservera de mejillones y atún, y debía viajar de continuo a lejanos países para hacer adquisiciones o llevar a cabo transacciones oscuras. Con él fue Silvia a la China y luego a Corea y más tarde al Vietnam. Fue en este último país donde el subdirector conservero cayó enfermo de gravedad por causas desconocidas y debió aplazar sus múltiples compraventas durante dos semanas, las imprevistas que tardó en volver.

Nunca he hablado de Silvia con Giulia ni de Giulia con Silvia, pues ninguna de las dos es persona interesada en la vida de los demás ni me parece educado contar a otros oídos lo que en principio sólo se brindó a los míos. Ahora, sin embargo, tengo mis dudas, ya que este verano he visitado a Giulia en París y su situación es un poco grave: desde que decidieron tener un solo piso hace tres meses, el falso estudiante o psicólogo ha resultado ser un tipo con muy mal carácter: ahora odia los libros y ha obligado a Giulia a deshacerse de su biblioteca; le da palizas, es un violento; y últimamente, mientras ella se fingía dormida, lo ha visto dos veces a los pies de la cama acariciando una navaja (una de las veces, dice, la afilaba con un suavizador como un barbero antiguo). Giulia confía en que sea algo pasajero, una secuela de la enigmática enfermedad tailandesa o un trastorno debido al calor intolerable de este verano que nunca acaba. Ojalá sea así, pero habida cuenta de que Silvia y su conservero están pensando en tener sólo un piso, quizá debería hablar ahora con ella, para que al menos salve la biblioteca e intente convencer a su hombre de usar máquina de afeitar.

En el viaje de novios

Mi mujer se había sentido indispuesta y habíamos regresado apresuradamente a la habitación del hotel, donde ella se había acostado con escalofríos y un poco de náusea y un poco de fiebre. No quisimos llamar en seguida a un médico por ver si se le pasaba y porque estábamos en nuestro viaje de novios, y en ese viaje no se quiere la intromisión de un extraño, aunque sea para un reconocimiento. Debía de ser un ligero mareo, un cólico, cualquier cosa. Estábamos en Sevilla, en un hotel que quedaba resguardado del tráfico por una explanada que lo separaba de la calle. Mientras mi mujer se dormía (pareció dormirse en cuanto la acosté y la arropé), decidí mantenerme en silencio, y la mejor manera de lograrlo y no verme tentado a hacer ruido o hablarle por aburrimiento era asomarme al balcón y ver pasar a la gente, a los sevillanos, cómo caminaban y cómo vestían, cómo hablaban, aunque, por la relativa distancia de la calle y el tráfico, no oía más que un murmullo. Miré sin ver, como mira quien llega a una fiesta en la que sabe que la única persona que le interesa no estará allí porque se quedó en casa con su marido. Esa persona única estaba conmigo, a mis espaldas, velada por su marido. Yo miraba hacia el exterior y pensaba en el interior, pero de pronto individualicé a una persona, y la individualicé porque a diferencia de las demás, que pasaban un momento y desaparecían, esa persona permanecía inmóvil en su sitio. Era una mujer de unos treinta años de lejos, vestida con una blusa azul sin apenas mangas y una falda blanca y zapatos de tacón también blancos. Estaba esperando, su actitud era de espera inequívoca, porque de vez en cuando daba dos o tres pasos a derecha o izquierda, y en el último paso arrastraba un poco el tacón afilado de un pie o del otro, un gesto de contenida impaciencia. Colgado del brazo llevaba un gran bolso, como los que en mi infancia llevaban las madres, mi madre, un gran bolso negro colgado del brazo anticuadamente, no echado al hombro como se llevan ahora. Tenía unas piernas robustas, que se clavaban sólidamente en el suelo cada vez que volvían a detenerse en el punto elegido para su espera tras el mínimo desplazamiento de dos o tres pasos y el tacón arrastrado del último paso. Eran tan robustas que anulaban o asimilaban esos tacones, eran ellas las que se hincaban sobre el pavimento, como navaja en madera mojada. A veces flexionaba una para mirarse detrás y alisarse la falda, como si temiera algún pliegue que le afeara el culo, o quizá se ajustaba las bragas rebeldes a través de la tela que las cubría.

Estaba anocheciendo, y la pérdida gradual de la luz me hizo verla cada vez más solitaria, más aislada y más condenada a esperar en vano. Su cita no llegaría. Se mantenía en medio de la calle, no se apoyaba en la pared como suelen hacer los que aguardan para no entorpecer el paso de los que no esperan y pasan, y por eso tenía problemas para esquivar a los transeúntes, alguno le dijo algo, ella le contestó con ira y le amagó con el bolso enorme.

De repente alzó la vista, hacia el tercer piso en que yo me encontraba, y me pareció que fijaba los ojos en mí por vez primera. Escrutó, como si fuera miope o llevara lentillas sucias, guiñaba un poco los ojos para ver mejor, me pareció que era a mí a quien miraba. Pero yo no conocía a nadie en Sevilla, es más, era la primera vez que estaba en Sevilla, en mi viaje de novios con mi mujer tan reciente, a mi espalda enferma, ojalá no fuera nada. Oí un murmullo procedente de la cama, pero no volví la cabeza porque era un quejido que venía del sueño, uno aprende a distinguir en seguida el sonido dormido de aquel con quien duerme. La mujer había dado unos pasos, ahora en mi dirección, estaba cruzando la calle, sorteando los coches sin buscar un semáforo, como si quisiera aproximarse rápido para comprobar, para verme mejor a mi balcón asomado. Sin embargo caminaba con dificultad y lentitud, como si los tacones le fueran desacostumbrados o sus piernas tan llamativas no estuvieran hechas para ellos, o la desequilibrara el bolso o estuviera mareada. Andaba como había andado mi mujer al sentirse indispuesta, al entrar en la habitación, yo la había ayudado a desvestirse y a meterse en la cama, la había arropado. La mujer de la calle acabó de cruzar, ahora estaba más cerca pero todavía a distancia, separada del hotel por la amplia explanada que lo alejaba del tráfico. Seguía con la vista alzada, mirando hacia mí o a mi altura, la altura del edificio a la que yo me hallaba. Y entonces hizo un gesto con el brazo, un gesto que no era de saludo ni de acercamiento, quiero decir de acercamiento a un extraño, sino de apropiación y reconocimiento, como si fuera yo la persona a quien había aguardado y su cita fuera conmigo. Era como si con aquel gesto del brazo, coronado por un remolino veloz de los dedos, quisiera asirme y dijera: 'Tú ven acá', o 'Eres mío'. Al mismo tiempo gritó algo que no pude oír, y por el movimiento de los labios sólo comprendí la primera palabra, que era '¡Eh!', dicha con indignación, como el resto de la frase que no me alcanzaba. Siguió avanzando, ahora se tocó la falda por detrás con más motivo, porque parecía que quien debía juzgar su figura ya estaba ante ella, el esperado podía apreciar ahora la caída de aquella falda. Y entonces ya pude oír lo que estaba diciendo: '¡Eh! Pero ¿qué haces ahí?'. El grito era muy audible ahora, y vi a la mujer mejor. Quizá tenía más de treinta años, los ojos aún guiñados me parecieron claros, grises o color ciruela, los labios gruesos, la nariz algo ancha, las aletas vehementes por el enfado, debía de llevar mucho tiempo esperando, mucho más tiempo del transcurrido desde que yo la había individualizado. Caminaba trastabillada y tropezó y cayó al suelo de la explanada, manchándose en seguida la falda blanca y perdiendo uno de los zapatos. Se incorporó con esfuerzo, sin querer pisar el pavimento con el pie descalzo, como si temiera ensuciarse también la planta ahora que su cita había llegado, ahora que debía tener los pies limpios por si se los veía el hombre con quien había quedado. Logró calzarse el zapato sin apoyar el pie en el suelo, se sacudió la falda y gritó: 'Pero ¡qué haces ahí! ¿Por qué no me has dicho que ya habías subido? ¿No ves que llevo una hora esperándote?' (lo dijo con acento sevillano llano, con seseo). Y al tiempo que decía esto, volvió a hacer el gesto del asimiento, un golpe seco del brazo desnudo en el aire y el revoloteo de los dedos rápidos que lo acompañaba. Era como si me dijera 'Eres mío' o 'Yo te mato', y con su movimiento pudiera cogerme y luego arrastrarme, una zarpa. Esta vez gritó tanto y ya estaba tan cerca que temí que pudiera despertar a mi mujer en la cama.

—¿Qué pasa? —dijo mi mujer débilmente.

Me volví, estaba incorporada en la cama, con ojos de susto, como los de una enferma que se despierta y aún no ve nada ni sabe dónde está ni por qué se siente tan confusa. La luz estaba apagada. En aquellos momentos era una enferma.

—Nada, vuelve a dormirte —contesté yo.

Pero no me acerqué a acariciarle el pelo o tranquilizarla, como habría hecho en cualquier otra circunstancia, porque no podía apartarme del balcón, y apenas apartar la vista de aquella mujer que estaba convencida de haber quedado conmigo. Ahora me veía bien, y era indudable que yo era la persona con la que había convenido una cita importante, la persona que la había hecho sufrir en la espera y la había ofendido con mi prolongada ausencia. '¿No me has visto que te estaba esperando ahí desde hace una hora? ¡Por qué no me has dicho nada!', chillaba furiosa ahora, parada ante mi hotel y bajo mi balcón.

'¡Tú me vas a oír! ¡Yo te mato!', gritó. Y de nuevo hizo el gesto con el brazo y los dedos, el gesto que me agarraba.

—Pero ¿qué pasa? —volvió a preguntar mi mujer, aturdida desde la cama.

En ese momento me eché hacia atrás y entorné las puertas del balcón, pero antes de hacerlo pude ver que la mujer de la calle, con su enorme bolso anticuado y sus zapatos de tacón de aguja y sus piernas robustas y sus andares tambaleantes, desaparecía de mi campo visual porque entraba ya en el hotel, dispuesta a subir en mi busca y a que tuviera lugar la cita. Sentí un vacío al pensar en lo que podría decirle a mi mujer enferma para explicar la intromisión que estaba a punto de producirse. Estábamos en nuestro viaje de novios, y en ese viaje no se quiere la intromisión de un extraño, aunque yo no fuera un extraño, creo, para quien ya subía por la escalera. Sentí un vacío y cerré el balcón. Me preparé para abrir la puerta.

Prismáticos rotos

Para Mercedes López-Ballesteros,
en San Sebastián

El Domingo de Ramos casi todos mis amigos habían abandonado Madrid y yo me fui a pasar la tarde en el hipódromo. Durante la segunda carrera, que aún no tenía ningún interés, un individuo que estaba a mi izquierda me dio sin querer un codazo en mi codo al llevarse bruscamente a los ojos sus prismáticos para mejor ver la recta final. Yo ya estaba mirando, ya tenía los míos ante mis ojos, y el golpe hizo que se me cayeran al suelo (siempre me olvido de colgármelos al cuello, y así lo pago o lo pagué aquel día, porque se me rompió uno de los cristales, los prismáticos contra las gradas, aunque no rebotaron, se quedaron allí en el suelo, quietos y rotos). El hombre se agachó antes que yo a recogerlos, fue él quien me dio noticia del desperfecto, al tiempo que se disculpaba.

—Ay perdone —dijo. Y luego:— Vaya hombre, se han roto, qué mala pata.

Lo vi agachado, y lo primero que vi de él fue que llevaba gemelos, quiero decir en los puños de la camisa, lo cual es raro de ver hoy en día, sólo los muy cursis o muy anticuados se atreven a ponérselos. Lo segundo que vi fue que llevaba una pistola con su correspondiente funda, pegada al costado derecho (sería zurdo), al agacharse se le ahuecaron los faldones de la chaqueta y pude ver la culata. Eso es aún más raro de ver, será policía, pensé en seguida. Luego, al levantarse, me di cuenta de que era un hombre de gran estatura, me sacaba la cabeza; tendría unos treinta años y lucía patillas, rectas pero demasiado largas, otro rasgo anticuado, no me habrían llamado la atención hace quince años, o bien hace un siglo. Quizá las llevaba para encuadrar y dar más volumen a su cabeza, que era alargada y pequeña, parecía una cerilla.

—Le pagaré el arreglo —dijo azorado—. Tenga, de momento le presto los míos. Estamos sólo en la segunda carrera.

La segunda carrera había ya terminado, de hecho. No nos habíamos enterado de quién había ganado, por lo que no me atreví a rasgar mis boletos de apuestas, que sostenía en la mano como hacemos todos, para romperlos y tirarlos al suelo en seguida, si hemos perdido, y olvidarnos así al instante del error de pronóstico. En aquel momento tenía también en las manos mis prismáticos rotos (los había comprado en un avión hacía no mucho, en pleno vuelo) y los del individuo intactos, me los había entregado al tiempo que me anunciaba su préstamo, yo los había cogido mecánicamente para que no se cayeran también contra las gradas. Al ver mi apuro me cogió los boletos y me los metió en el bolsillo pectoral externo de mi chaqueta, dándome a continuación una palmadita encima, como para decirme que ya estaban a buen recaudo.

—Pero si me deja los suyos, ¿qué va usted a hacer? —le dije.

—Podemos compartirlos, si no le importa que veamos las carreras juntos —contestó él—. ¿Está solo?

—Sí, he venido solo.

—Lo único —añadió el hombre— es que tendríamos que verlas todas desde aquí. Estoy de vigilancia, hoy me toca aquí, no puedo moverme.

—¿Es usted policía?

—No, qué va, me moriría de hambre, vaya mierda, conozco a algunos, ¿usted cree que si fuera un poli podría llevar la ropa que llevo? Míreme.

Y al decir esto el hombre extendió los brazos y dio un paso atrás, las manos abiertas como las de un mago. La verdad es que iba muy mal vestido (para mi gusto), aunque con ropas caras: un traje cruzado (pero la chaqueta abierta, como ya he dicho) de un inverosímil gris verdoso, difícil de conseguir a todas luces; la camisa, que parecía muy rígida para estos tiempos, me temo que era rosa palo, no fea en sí, pero impropia de un hombre tan alto; la corbata era un enjambre incomprensible (pájaros, insectos, Mirós repugnantes, ojos de gato), predominaba el amarillo; lo más raro era el calzado: ni zapatos de cordones ni mocasines, sino unas infantiles botitas que le llegaban hasta el tobillo, debía de considerarlas modernas, el resto se suponía semiclásico. Los gemelos podían ser buenos, quizá de Durán, brillaban lo suyo, tenían forma de hoja. No era un hombre discreto, tampoco un original, seguramente no había sido educado para combinar, eso era todo.

—Ya veo —dije yo sin saber qué decir—. ¿Y qué es lo que tiene que vigilar, entonces?

—Soy escolta —contestó.

—Ah, ¿y a quién está usted escoltando?

El hombre me cogió los prismáticos que acababa de prestarme y miró con ellos hacia la tribuna de autoridades, que estaba a poca distancia (la verdad es que no hacían falta las lentes de aumento para discernirla). Volvió a entregármelos. Parecía aliviado.

—No, aún no ha llegado, todavía hay tiempo. Si por fin viene no llegará hasta la cuarta carrera, para saludar a los amigos. La que le interesa de verdad es la quinta, como a todos, y no dispone de tiempo para matarlo, quiero decir que usted habrá venido temprano para pasar el rato. Él, en cambio, estará haciendo negocios por teléfono o durmiendo la siesta para estar despejado. Yo he venido por delante, para ver cómo está la tarde, para ver si el ambiente está espeso y tomar posiciones.

—¿Espeso? ¿Qué quiere decir? ¿Qué puede pasar aquí?

—Lo más probable es que nada, pero alguien tiene que ir siempre por delante. Y alguien por detrás, junto a él, claro está. Yo suelo ir más bien por delante. Por ejemplo, si entramos en un restaurante o en un casino, o nos paramos a beber una cerveza en un bar de carretera, yo entro siempre el primero para ver cómo anda la cosa. Nunca se sabe al entrar en un local público, en ese momento puede haber dos tíos dándose de hostias. No es lo normal, pero ya sabe, un camarero que ha derramado el vino, y un cliente con mal carácter lo puede estar zarandeando. Eh, no querrá que mi jefe vea eso, o que se vea envuelto en el fregado. Las botellas vuelan rápido, ¿sabe? A lo largo del día vuelan en Madrid muchas más botellas de las que usted se imagina, se sacan navajas, la gente se zumba, la gente tiene los nervios a flor de piel. Y si en medio de todo eso aparece la riqueza, entonces todos se paran y piensan: 'Que lo pague la riqueza'. Los que se están peleando son capaces de ponerse de acuerdo en un instante y emprenderla a golpes con la riqueza: 'Que se joda la riqueza'. Hay que llevar mucho ojo, ojo.

El hombre se llevó el dedo al ojo.

—¿Sí? —dije yo. ¿Tan rico es su jefe? ¿Se le nota tanto?

—Lo lleva pintado en el rostro, tiene cara de rico. Aunque se dejara barba tres días y se vistiera de pordiosero, se le vería que es rico en la cara. Ya la quisiera yo, esa cara. Cuando entramos en una tienda de lujo, yo voy por delante, como siempre. Y a pesar de que voy bien trajeado, en cuanto me ven los dependientes me ponen mala cara o no me hacen caso, hacen como que no me han visto, se ponen a atender a otros clientes a los que hasta ese momento tampoco hacían ni puto caso o a revolver en cajones, como si estuvieran haciendo inventario. Yo no les dirijo la palabra, controlo que todo está en orden y entonces vuelvo a la puerta para abrírsela al jefe y que pase. Y en cuanto le ven la cara, todos los dependientes abandonan a los clientes y los cajones para venir a servirle con sus sonrisas.

—¿Y no será que su jefe es famoso, si es tan rico, y lo reconocen?

—Sí, puede ser —dijo el guardaespaldas, como si no hubiera pensado en ello—. Se está haciendo famosillo. Es de la banca, ¿sabe? No le digo quién, pero es de la banca. Pero oiga, vamos un poco al paddock, que habrá que ir apostando para la tercera.

Fuimos hasta allí, y de camino rasgamos por fin nuestros boletos, ea, al suelo, tras ver que habíamos perdido. Me crucé con un filósofo que no falta un domingo, también con el almirante Almira (su predestinado e incompleto apellido) y con su guapa e inmerecida esposa, quienes me saludaron con la cabeza sin dirigirme palabra, quizá se avergonzaron al verme en compañía de aquel individuo un poco gigante, yo le llegaba sólo a los hombros. Yo llevaba ahora al cuello sus prismáticos y en la mano los míos rotos, los míos son pequeños y potentes, los suyos eran enormes y muy pesados, la correa me tiraba de la nuca, pero no podía correr el riesgo de que también se cayeran. Mientras mirábamos dar vueltas a los caballos, le vi al escolta intenciones de preguntarme a qué me dedicaba yo, y como no me apetecía hablar de mí mismo me adelanté y le dije:

—Qué, qué le parece el 14.

—Bonita estampa —dijo él, que es lo que dicen siempre de los caballos los que no entienden nada—. Yo creo que le voy a apostar.

—Pues yo no, lo veo un poco nervioso. Se puede quedar en los cajones, incluso.

—¿Sí? ¿Usted cree?

—Aquí no vale la cara de rico.

El hombre se echó a reír. Era una risa inmediata, sin el más mínimo pensamiento previo, la risa de un hombre sin pulir todavía, la risa de un hombre que no piensa en la conveniencia. No tenía mucha gracia lo que yo había dicho. A continuación me cogió sus prismáticos sin pedirme permiso y miró rápidamente con ellos en dirección a la tribuna de autoridades, que desde el paddock no podía verse. Se resintió mi nuca, el hombre tiró de más de la correa, un poco.

—Qué, no ha llegado —dije.

—No, por suerte —contestó él, por intuición, supongo.

—¿Le da mucho trabajo? Quiero decir si tiene que intervenir a menudo, intervenir en serio, con peligro.

—No tanto como yo quisiera, verá usted, este es un trabajo de mucha tensión y a la vez inactivo, hay que estar alerta permanentemente, todo consiste en anticiparse, en un par de ocasiones me he abalanzado sobre personas ilustres que solamente iban a saludar a mi jefe. Les he puesto las manos a la espalda y las he reducido, sin ningún motivo, se han llevado algún golpe ducho. Me he ganado broncas por ello. Así que hay que tener mucho cuidado, no anticiparse demasiado tampoco. Hay que adivinar intenciones, eso es. Luego, casi nunca pasa nada, y se hace difícil mantener la vigilancia si uno tiene la sensación de que en realidad no hace falta.

—Claro, bajará usted la guardia.

—No, no la bajo, pero me cuesta esfuerzo obligarme. Mi compañero, el que va con él cuando yo voy por delante, la baja mucho más, me doy cuenta. Yo a veces le echo regañinas. Se abstrae en videojuegos portátiles mientras espera, tiene ese vicio. Y eso no puede ser, ¿comprende?

—Comprendo. Y él, el jefe, ¿qué tal los trata?

—Bueno. Para él somos invisibles, no se priva de nada porque estemos delante. Yo le he visto hasta hacer guarradas.

—¿Guarradas? ¿De qué tipo?

El guardaespaldas me tomó del brazo para ir hacia las taquillas de apuestas. Ahora me dio a mí vergüenza ir así con un hombre tan alto. Su manera de cogerme era protectora, quizá no sabía establecer contacto con las personas más que de esa clase: él protegía. Pareció dudar un momento. Luego dijo:

—Bueno, con tías, en el coche, por ejemplo. La verdad es que es bastante sucio, la cabeza un poco sucia, ¿sabe? —se tocó la frente—. Oiga, no será usted periodista.

—No, se lo aseguro.

—Ah bueno.

Yo aposté al 8 y él al 14, era un hombre terco, o supersticioso, y volvimos a las gradas. Tomamos asiento, a la espera del inicio de la tercera carrera.

—¿Cómo hacemos con los prismáticos?

—Yo miro la salida y usted la llegada, si le parece —contestó él—. Estoy en deuda.

Volvió a cogerme los prismáticos sin sacármelos antes por la cabeza, pero ahora estábamos muy cerca el uno del otro y no hubo de tirar de la correa. Miró hacia la tribuna un segundo y volvió a dejármelos sobre las rodillas. Miré sus botitas, eran incongruentes, daban a sus pies muy grandes un aspecto aniñado. Se excitó durante la carrera, gritándole '¡Vamos, *Narnia*, dales fuerte!' al número 14, que no se quedó en los cajones pero salió mal y llegó sólo cuarto. Mi 8 quedó segundo, por lo que rasgamos nuestros boletos con gesto agrio, como debe hacerse: a la mierda.

De pronto lo vi abatido, no podía ser por la apuesta.

—¿Le pasa algo? —le pregunté.

No contestó de inmediato. Miraba al suelo, hacia sus boletos rasgados, el tórax tan largo inclinado, la cabeza casi entre las piernas abiertas, como si se hubiera mareado y tomara precauciones por si vomitaba, no manchar los pantalones.

—No —dijo por fin—. Es sólo que esta era la tercera carrera, mi jefe estará a punto de llegar con mi compañero, si llegan. Y si llegan, me toca.

—Tiene que permanecer aquí para vigilar, ¿no?

—Sí, tengo que quedarme aquí. ¿No le importa hacerme compañía? Bueno, si quiere volver al paddock y a apostar, vaya usted y vuelve luego para la carrera. Me quedo con los prismáticos mientras tanto, por si acaso pasa algo.

—Iré a apostar un momento. No necesito ver los caballos.

Me dio diez mil pesetas para una gemela, otras cinco para ganador, bajé a hacer mis apuestas, no tardé nada, aún no había cola. Cuando regresé a las gradas el escolta seguía cabizbajo, no parecía alerta. Se acariciaba las patillas ensimismado.

—¿Ha llegado ya? —le pregunté, por decir algo.

—No, todavía no —respondió alzando la vista y a continuación los prismáticos hacia la tribuna. Se le había convertido en un gesto casi mecánico—. Todavía puede que no me toque.

El hombre seguía abatido, había perdido de golpe toda su bonhomía, como si se hubiera nublado. Ya no me daba charla ni me hacía caso. Estuve tentado de decirle que prefería ver esa carrera al pie de la pista, donde me arreglaría bien sin prismáticos, y abandonarlo. Pero temí por su trabajo. Estaba absorto, todo menos vigilante, justo cuando le tocaba.

—¿Seguro que no le ocurre nada? —dije, y luego, más que nada para recordarle la inminencia de su tarea—: ¿Quiere que vigile yo por usted si se encuentra mal? Si me indica quién es su jefe...

—No hay nada que vigilar —respondió—. Yo sé lo que va a pasar esta tarde. O quizá ya ha pasado.

—¿El qué?

—Mire, uno no le toma afecto a quien le paga para que lo proteja. Mi jefe, ya se lo he dicho, no sabe ni que existo, apenas mi nombre, para él he sido aire durante los dos últimos años, y de vez en cuando me ha metido alguna bronca por excederme en mi celo. Él da órdenes y yo las cumplo, me dice dónde y cuándo me quiere y allí voy yo, a la hora y el lugar indicados. Eso es todo. Cuido de que no le pase nada, pero no le tengo afecto. En más de una ocasión he pensado en atentar yo contra él para aplacar la tensión y hacerme sentir necesario, crear yo mismo el peligro. Nada serio, una pequeña paliza en el garaje, echarle un poco de comedia, emboscarme y hacerme pasar por un asaltante en mis horas libres. Darle un susto. No podía imaginar que fuera a llegar un día en que tuviéramos que cargárnoslo en serio.

—¿Cargárnoslo? ¿Quiénes?

—Mi compañero y yo. Bueno, o él o yo. Puede que él haya podido hacerlo ya, ojalá. Si es así, el jefe no aparecerá tampoco para esta carrera, no habrá salido de casa y estará tirado en la alfombra, o metido en el maletero. Pero si viene, ve usted, será que él no ha podido, y entonces me tocará a mí, a la vuelta del hipódromo, en el mismo coche, mientras mi compañero conduce. Una cuerda, o un tiro fuera de la carretera. Ojalá no vengan, ya le digo, no le tengo afecto, pero la idea de encargarme yo. Eso me pone malo.

Pensé que estaba bromeando, pero hasta aquel momento no me había parecido un hombre dado a las bromas, más bien parecía incapaz de hacerlas, por eso —había pensado fugazmente— se había reído tanto cuando yo hice una sin mucha gracia. La gente que no sabe hacerlas se sorprende tanto de que otros las hagan, y lo agradecen.

—No sé si le entiendo —dije.

El escolta seguía mesándose las patillas sin pudor. Me miró de reojo y dejó así la vista: fija en mí, pero de reojo.

—Claro que me entiende, está bien claro lo que le he dicho. Le repito que no le tengo afecto, pero me sentiría aliviado si no vinieran, si ya lo hubiera hecho mi colega.

—¿Por qué lo hacen?

—Eso es largo de contar. Por pasta, bueno, no sólo, a veces no hay más remedio, a veces hay que hacer cosas que a uno le asquean, pero hay que hacerlas, porque peor es no hacerlas, ¿no le ha ocurrido nunca?

—Sí, me ha ocurrido —dije—, pero no tan graves, supongo. —Miré de reojo hacia la tribuna de autoridades, un gesto inútil por mi parte—. Si todo esto es verdad, ¿por qué me lo cuenta?

—Bah, eso da lo mismo. Usted no va a ir a contárselo a nadie, aunque mañana lo lea en el periódico. A nadie le gusta meterse en berenjenales; si va usted con el cuento, para usted los líos y las molestias. Y a lo mejor las amenazas. Nadie cuenta nada si no le trae algún provecho. Por eso a la policía no la ayuda ni Dios, allá se las compongan ellos, piensa todo el mundo. Y nadie dice nada. Usted hará lo mismo, hoy no me da la gana de tener secretos.

Le cogí los prismáticos y volví a mirar hacia la tribuna, ahora con las lentes de aumento. Estaba casi vacía, andarían todos en el bar o en el paddock, aún faltaban unos minutos para la salida. El gesto fue aún más inútil, porque yo no conocía a su jefe, aunque quizá podría adivinar quién era por la cara de rico, si se la veía.

—¿Está? —me preguntó temeroso y mirando hacia la pista.

—No lo creo, no hay casi nadie. Mire usted.

—No, prefiero esperar. Cuando vaya a empezar la carrera, cuando entren todos. ¿Me avisa usted?

—Sí, yo le aviso.

Guardamos silencio. Yo volví a mirarle las botas (ahora los pies muy juntos) y él se miraba los gemelos de los puños de la camisa, rosa palo la camisa, los gemelos sendas hojas de tabaco. De pronto me vi deseando que un hombre hubiera muerto, que su jefe ya hubiera muerto. Me vi prefiriendo eso, para que no tuviera él que matarlo. Empezamos a notar que se llenaban las gradas, nos iba estrechando la gente, nos tuvimos que poner de pie para hacer sitio.

—Tenga los prismáticos —le dije—, quedamos en que usted miraba las salidas. —Y se los alcancé.

El guardaespaldas los cogió y se los llevó a los ojos con brusquedad, con el mismo gesto que había dejado inservibles los míos. Vi cómo los enfocaba hacia los cajones, y cuando los caballos estaban a punto de salir disparados, volvió esos prismáticos hacia la tribuna unos segundos. Le oí contar:

—Uno, dos, tres, cuatro, cinco, seis, siete, ocho, nueve, diez. No ha venido —dijo.

—Ya salen —dije yo.

Volvió a mirar hacia la pista, y cuando los caballos tomaban la primera curva le oí gritar:

—¡Vamos, *Caronte*, vamos! ¡Venga, *Caronte*, dale!

A pesar de su excitación y de su alegría tuvo la suficiente conciencia para pasarme los prismáticos cuando los caballos alcanzaban la última curva. Era un hombre considerado, cumplía su promesa de dejarme contemplar la llegada. Me los puse ante los ojos y vi cómo *Caronte* ganaba por medio cuerpo a *Heart So White*, segundo: ganador y gemela de mi acompañante de aquella tarde. Yo, en cambio, habría de rasgar una vez más mis boletos, al suelo.

Bajé los prismáticos y me sorprendió no oírle gritar de contento.

—Ha ganado usted —le dije.

Pero él no debía de haber seguido la última parte de la carrera, no debía de haberse enterado. Miraba con sus propios ojos, sin ayudarse de nada, hacia la tribuna. Estaba quieto. Se volvió hacia mí sin mirarme, como si fuera un desconocido. Yo era un desconocido. Se abotonó la chaqueta. Su rostro había vuelto a ensombrecerse, estaba casi descompuesto.

—Ahí están, ya han llegado. Han llegado para la quinta —dijo—. Lo siento, debo ir a reunirme con ellos, me querrá dar instrucciones.

No dijo nada más, no se despidió. En pocos segundos se abrió paso entre la gente y lo vi de espaldas, alejándose hacia la tribuna con su estatura gigante. Al caminar se palpaba la chaqueta a la altura del costado, llevaba la pistola en su funda. Me había dejado sus prismáticos. Rasgué mis boletos pero no los suyos, que estaban premiados. Me los guardé en el bolsillo, pensé que él no iba a querer cobrarlos.

Figuras inacabadas

No sé si contar lo que le ocurrió recientemente a Custardoy. Es la única vez, que yo sepa, que ha tenido escrúpulos, o quizá fue piedad. Venga, voy a hacerlo.

Custardoy es copista y falsificador de cuadros. Cada vez recibe menos encargos para su segunda actividad, la mejor retribuida, porque las nuevas técnicas de detección hacen casi imposible el fraude, al menos a los museos. Hace unos meses le llegó una petición, de un particular: un sobrino arruinado quería darle el cambiazo a su tía, que poseía un pequeño e inacabado Goya, escondido en su casa junto al mar. Ya no podía ni esperar su muerte, pues la tía le había comunicado que así como le legaría a él la casa, había decidido dejarle el Goya en herencia a una criadita joven a la que llevaba algún tiempo viendo crecer. Según el sobrino, la tía estaba idiotizada.

Custardoy estaba dispuesto a trabajar a partir de fotografías y del informe que años atrás había realizado un experto, pero pidió ver el cuadro al menos una vez para comprobar que el trueque sería factible, y a tal efecto fue invitado por el sobrino, que se llamaba Cámara y rara vez visitaba a la tía, a pasar un fin de semana en la casa junto al mar. La tía vivía sola con la joven criada, casi una niña a la que compraba los libros de texto y los plumieres: la niña iba todas las mañanas al colegio en Port de la Selva, regresaba para el almuerzo y pasaba el resto del día y la noche a la espera de que a su señora se le ocurriera ordenarle algún quehacer. La tía, de apellido Vallabriga, pasaba los días y las veladas ante la televisión o hablando por teléfono con amigas ya difuminadas de Barcelona. Más que a su marido, muerto diez años antes, echaba de menos a quien también había echado de menos en vida del cónyuge, un novio lánguido que se fue con otra en su juventud, minúscula y remota obsesión. Tenía un perro con tres patas, la posterior derecha amputada tras haber pasado una noche con ella martirizada en una trampa para conejos. Nadie había ido a rescatarlo, la gente de los alrededores había tomado sus aullidos por los del lobo. La mirada de ese perro, según el sobrino Cámara, decía la tía que le recordaba a la del novio perdido y doliente. 'Completamente idiotizada', añadía el sobrino. Con ese animal y la criadita solía dar la señora Vallabriga largos paseos a la orilla del mar, tres figuras inacabadas, la niña por su niñez, el perro por su mutilación, la tía por su falsa y su verdadera viudez.

A pesar de que Custardoy lleva coleta y largas patillas y alzas en los zapatos (la modernidad mal entendida, un aspecto reprobable fuera de las ciudades), fue bien recibido: la tía pudo coquetear ranciamente y a la niña le dio quehacer. Después de la cena la tía llevó a Custardoy y al sobrino Cámara a ver el Goya, que guardaba en su alcoba, *Doña María Teresa de Vallabriga*, lejana antepasada sin el menor parecido con su descendiente sesgada. '¿Es posible?', le preguntó Cámara a Custardoy en voz baja. 'Ya te contaré mañana', dijo Custardoy, y ya más alto: 'Es un buen cuadro, lástima que el fondo no esté terminado', y lo examinó con atención, pese a que la luz no era buena. Esa luz iluminaba mejor la cama. 'Esa cama no la habrá visitado nadie en diez años', pensó, 'o tal vez en más.' Custardoy siempre piensa en lo que contienen las camas.

Esa noche hubo tormenta, y Custardoy oyó ladrar al perro cojo desde su habitación en el segundo piso. Se acordó de la trampa, pero esta vez no sería eso, sino los truenos. Se acercó a la ventana para ver si el perro estaba a la vista, y allí lo vio, junto al mar llovido —perdigones contra una tela agitada—, parado como un trípode y ladrando al zigzag de los rayos, como si los aguardara. 'Quizá también hubo tormenta la noche en que permaneció en la trampa', pensó, 'y ya les perdió para siempre el miedo.' Acababa de pensar esto cuando vio aparecer a la criadita corriendo, en camisón, llevaba en la mano una correa con la que atar al perro e intentar arrastrarlo. La vio forcejear, su cuerpo bien visible bajo la ropa mojada, y oyó una voz angustiada bajo su propia ventana: '¡Que te vas a morir, que te vas a morir!', decía la voz. 'Nadie duerme en esta casa', pensó. 'Sólo Cámara, quizá.' Abrió la ventana sin ruido y asomó la cabeza un poco, no queriendo ser visto. Notó la fuerte lluvia sobre la nuca, y lo que vio desde arriba fue la copa abierta de un paraguas negro, la señora Vallabriga anhelando la vuelta de sus inacabadas figuras, era su voz, y era su brazo el brazo desnudo que de vez en cuando aparecía crispado bajo el paraguas, como si quisiera atraer o asir al animal y a la niña, que forcejeaban, el perro sin pata mal podía correr o escapar, seguía ladrando a los rayos que alumbraban su mirada reacia de novio lánguido y el cuerpo más adulto de lo que pareció vestido —el cuerpo de pronto acabado—. Custardoy se preguntó quién temía la tía que se fuera a morir, y al poco lo supo, cuando la niña se llegó por fin hasta la puerta con el perro a rastras y desaparecieron los tres, primero bajo el paraguas como una cúpula y luego en la casa. Cerró la ventana, y, ya desde dentro, oyó sólo dos frases más, las dos de la tía, la niña debía de estar sin habla: 'Este chucho', dijo. Y luego: 'A la cama en seguida, niña, quítate eso'. Custardoy oyó los cansados pasos que subían hasta su piso, y entonces, de nuevo tumbado y cuando se hizo el silencio tras el último ruido de una sola puerta que se cerró —una sola puerta—, se preguntó si acaso no se habría equivocado respecto a la cama que protegía el Goya y que nadie habría de visitar. No se lo preguntó demasiado, pero decidió que a la mañana siguiente cometería una traición: el informe que tenía que darle a Cámara sobre las posibilidades de falsificación diría que no valía la pena falsificar una copia. La heredera del Goya se lo tenía ganado. Le diría a Cámara: 'Olvidémoslo'.

Nota: El carácter ancilar y el lesbianismo insinuado de este minicuento se deben a que los cinco elementos impuestos por el encargo (una tortura china) me llevaron a pensar de inmediato en *Rebeca*, de Alfred Hitchcock o de Daphne du Maurier.

Domingo de carne

Estábamos alojados en el Hotel de Londres y durante las primeras veinticuatro horas en la ciudad no habíamos salido de la habitación, sólo nos habíamos asomado a la terraza para ver desde allí La Concha, demasiado llena para que resultara un espectáculo agradable. Sólo resulta grato lo que no es masivo y es distinguible, y allí no había manera de fijar la vista en nadie, pese a los prismáticos, el exceso de carne nivela e iguala. Los habíamos llevado por si algún domingo íbamos a Lasarte, al hipódromo, no hay mucho que hacer en San Sebastián los domingos de agosto, estaríamos allí tres semanas, nuestras vacaciones, cuatro domingos pero tres semanas, porque aquel segundo día de estancia era domingo y partiríamos un lunes.

Yo me asomaba más que mi mujer, Luisa, siempre con los prismáticos en la mano, o mejor dicho, colgados del cuello para que no pudieran resbalárseme y caer desde la terraza al suelo, hechos añicos. Intentaba fijarme en alguien de la playa, escoger a alguien, pero había demasiadas personas para poder guardarle fidelidad a ninguna, hacía panorámicas con las lentes de aumento, iba viendo centenares de niños, docenas de gordos, decenas de chicas (ninguna con el pecho descubierto, en San Sebastián es aún infrecuente), carne joven y madura y vieja, carne de niño que aún no es carne, carne de madre que es en cambio la que es más carne porque ya se ha reproducido. En seguida me cansaba de mirar y entonces volvía a la cama, donde reposaba Luisa, le daba unos besos, luego regresaba a la terraza, miraba de nuevo con los prismáticos. Quizá me aburría, y por eso sentí un poco de envidia cuando vi que dos habitaciones más allá, a mi derecha, había un individuo que, también con prismáticos, los mantenía fijos en algún punto interesante, sin bajarlos más que al cabo de un rato y sin moverlos mientras miraba: los sostenía en alto, inmóviles, durante un par de minutos, luego descansaba el brazo y al poco volvía a alzarlo, siempre en la misma posición, no desviaba su mirada un ápice. Él no estaba asomado, al contrario, observaba desde dentro de la habitación, y por tanto yo sólo le veía el brazo con vello, hacia adónde, exactamente hacia adónde estaría mirando, me pregunté con envidia, yo deseaba fijar mi vista, sólo cuando se fija se descansa de veras y se pone interés en lo que se contempla, yo hacía barridos solamente, carne y más carne sin individualizar, si por fin salíamos de la habitación Luisa y yo y bajábamos a la playa (estábamos haciendo tiempo a que se despejara un poco, a la hora de comer previsiblemente), formaríamos parte del conglomerado de carnes idénticas en la distancia, nuestros cuerpos reconocibles quedarían perdidos en la uniformidad que procuran la arena y el agua y los trajes de baño, sobre todo los trajes de baño. Y aquel hombre de mi derecha no se fijaría en nosotros, nadie que mirara desde arriba —como él y yo hacíamos— se fijaría en nosotros una vez que formáramos parte del desagradable espectáculo. Tal vez por eso, para no ser divisados, para no ser enfocados ni distinguidos, es por lo que los veraneantes gustan de desnudarse un poco y mezclarse con otros semidesnudos entre arena y agua.

Intenté calcular hacia qué punto podían dirigirse los ojos fijos del hombre, de mi vecino, y logré acotar un espacio no lo bastante pequeño para que mi vista reposara del todo y se tomara interés en lo interesante, pero al menos de este modo, copiándole en su mirada o intentando adivinársela, pude descartar la mayor parte de la extensión que tenía ante mí, una playa.

—¿Qué miras? —me preguntó mi mujer desde la cama. Hacía mucho calor y se había puesto una toalla mojada sobre la frente, casi le tapaba los ojos, que no se interesaban por nada.

—No lo sé aún —dije sin volverme—. Estoy tratando de ver qué es lo que mira un hombre que está aquí al lado, en otra terraza.

—¿Por qué? Qué más te da. No seas curioso.

Me daba lo mismo, en efecto, pero en verano se trata de perder el tiempo más que de ninguna otra cosa, si no no se tiene la sensación de estar en esa estación, que ha de ser lenta y sin objetivo.

Según mis cálculos y mi observación, el individuo de mi derecha tenía que estar mirando hacia una de cuatro personas, todas ellas bastante cercanas entre sí y alineadas en última fila, lejos del agua. A la derecha de esas personas se abría un pequeño hueco, también a su izquierda, eso fue lo que me hizo pensar que miraba a una de esas cuatro. La primera (de izquierda a derecha, como en las fotos) me mostraba o nos mostraba la cara, ya que estaba recibiendo el sol de espaldas: era una mujer aún joven, estaba leyendo un periódico, tenía desabrochada la parte superior del bikini, no quitada (eso está mal visto en San Sebastián todavía). La segunda estaba sentada, otra mujer, de más edad, más corpulenta, con traje de baño de una sola pieza y un sombrero de paja, se untaba crema: sería una madre, pero sus hijos la habían abandonado, tal vez jugaban junto a la orilla. La tercera persona era un hombre, quizá su marido o su hermano, era más esbelto, tiritaba por capricho de pie sobre su toalla, como si estuviera recién vuelto del agua (tiritaba por capricho porque el mar no podía estar frío). La cuarta era la más distinguible porque estaba vestida, al menos el tórax cubierto: era un hombre mayor (la nuca canosa) sentado de espaldas, erguido, como si a su vez estuviera observando o vigilando a alguien en la orilla o unas filas más adelante, la playa como un teatro. Fijé mi mirada en él: estaba sin duda solo, no tenía que ver con el que estaba a su izquierda, el hombre que tiritaba en falso. Llevaba puesta una camiseta verde de manga corta, no podía ver si debajo tenía el traje de baño o un pantalón, si estaba vestido, inadecuadamente en aquel lugar, de estarlo llamaría la atención por eso. Se rascaba la espalda, se rascaba la cintura, la cintura era gruesa, debía pesarle, sería uno de esos hombres a los que les cuesta mucho incorporarse, para hacerlo tienen que echar los brazos hacia delante, con los dedos estirados como si alguien fuera a tirar de ellos. Se rascaba la espalda, un poco como si se señalara. No pude esperar a comprobar si se incorporaba así, con dificultad, ni a ver si llevaba pantalones o traje de baño, pero sí a saber que era él el objetivo de mi vecino, porque de pronto, con mis prismáticos fijos por fin en su cintura gruesa y su espalda ancha, vi cómo se derrumbaba, caía hacia delante, sentado, como caen las marionetas cuando las abandona la mano que las sujetaba. Había oído un golpe seco y amortiguado, y aún me dio tiempo a ver que lo que desaparecía de la terraza de mi derecha no era ya el brazo de mi vecino con los prismáticos, sino su brazo y el cañón de un arma. Creo que no se dio cuenta nadie, aunque el individuo que tiritaba se quedó parado, ya sin frío.

Cuando fui mortal

A menudo fingí creer en fantasmas y fingí creerlo festivamente, y ahora que soy uno de ellos comprendo por qué las tradiciones los representan dolientes e insistiendo en volver a los sitios que conocieron cuando fueron mortales. La verdad es que vuelven. Pocas veces son o somos percibidos, las casas que habitamos están cambiadas y en ellas hay inquilinos que ni siquiera saben de nuestra existencia pasada, ni la conciben: al igual que los niños, esos hombres y mujeres creen que el mundo comenzó con su nacimiento, y no se preguntan si sobre el suelo que pisan hubo en otro tiempo unas pisadas más leves o unos pasos envenenados, si entre las paredes que los albergan otros oyeron susurros o risas, o si alguien leyó en voz alta una carta, o apretó el cuello de quien más quería. Es absurdo que permanezca el espacio y el tiempo se borre para los vivos, o en realidad es que el espacio es depositario del tiempo, sólo que es silencioso y no cuenta nada. Es absurdo que así sea para los vivos, porque lo que viene luego es su contrario, y para ello carecemos de entrenamiento. Es decir, ahora el tiempo no pasa, no transcurre, no fluye, sino que se perpetúa simultáneamente y con todo detalle, y decir 'ahora' es tal vez falacia. Eso es lo segundo peor, los detalles, porque la representación de lo que vivimos y apenas nos hizo mella cuando fuimos mortales se aparece ahora con el elemento horrendo de que todo tiene significación y peso: las palabras dichas a la ligera y los gestos maquinales, las tardes de la infancia que veíamos amontonadas desfilan ahora una tras otra individualizadas, el esfuerzo de toda una vida —conseguir rutinas que nivelen los días y también las noches— resulta baldío, y cada día y noche son recordados con nitidez y singularidad excesivas y un grado de realidad incongruente con nuestro estado que ya no conoce lo táctil. Todo es concreto y es excesivo, y es un tormento sufrir el filo de las repeticiones, porque la maldición consiste en recordarlo *todo*, los minutos de cada hora de cada día vivido, los de tedio y los de trabajo y los de alegría, los de estudio y pesadumbre y abyección y sueño, y también los de espera, que fueron la mayor parte.

Pero ya he dicho que eso es sólo lo segundo peor, hay algo más lacerante, y es que ahora no sólo recuerdo lo que vi y oí y supe cuando fui mortal, sino que lo recuerdo completo, es decir, incluyendo lo que entonces no veía ni sabía ni oía ni estaba a mi alcance, pero me afectaba a mí o a quienes me importaban y acaso me configuraban. Uno descubre ahora la magnitud de lo que va intuyendo a medida que vive, cada vez más cuanto se es más adulto, no puedo decir más viejo porque no llegué a serlo: que uno sólo conoce un fragmento de lo que le ocurre, y que cuando cree poder explicarse o contarse lo que le ha sucedido hasta un día determinado, le faltan demasiados datos, le faltan las intenciones ajenas y los motivos de los impulsos, le falta lo oculto: vemos aparecer a nuestros seres más cercanos como si fueran actores que surgen de pronto ante el telón de un teatro, sin que sepamos qué hacían hasta el anterior segundo, cuando no estaban ante nosotros. Tal vez se presentan disfrazados de Otelo o de Hamlet y hace un instante fumaban un anacrónico cigarrillo imposible entre bastidores, y miraban un reloj impacientes que ya se han quitado para aparentar que son otros. También nos faltan los hechos a los que no asistimos y las conversaciones que no escuchamos, las que se celebran a nuestras espaldas y nos mencionan o nos critican o nos juzgan y nos condenan. La vida es piadosa, lo son todas las vidas o esa es la norma, y por eso consideramos malvados a quienes no encubren ni ocultan ni mienten, a quienes cuentan cuanto saben y escuchan, también lo que hacen y lo que piensan. Decimos que son crueles. Y es en el estado de la crueldad en el que me encuentro ahora.

Me veo por ejemplo de niño a punto de dormirme en mi cama durante tantas noches de una infancia sin sobresaltos o satisfactoria, con la puerta de mi cuarto entornada para ver la luz hasta que me venciera el sueño y aletargarme con las conversaciones de mi padre y mi madre y de algún invitado a cenar o a los postres, esto último casi siempre el doctor Arranz, un hombre agradable que sonreía siempre y hablaba entre dientes y que para mi contento llegaba justo antes de que me durmiera a tiempo de entrar en mi habitación para ver cómo estaba, el privilegio de un control casi diario y la mano del médico que tranquiliza y palpa bajo el pijama, una mano tibia e irrepetible que toca como luego ya no sabe tocar ninguna a lo largo de nuestras vidas, sintiendo el niño aprensivo que cualquier anomalía o peligro serán detectados por ella y por tanto atajados, es la mano que pone a salvo; y colgado de los oídos el estetoscopio con su tacto saludable y frío sobre el pecho encogido, y a veces también la heredada cuchara de plata con iniciales vuelta sobre la lengua, el mango que por un momento parecía ir a clavarse en nuestra garganta para dar paso al alivio de recordar tras el primer contacto que era Arranz quien lo sostenía, su mano aseguradora y firme y dueña de objetos metálicos, nada podía suceder mientras él auscultara o mirara con su linterna en la frente. Después de su rápida visita y sus dos o tres bromas —a veces le aguardaba mi madre apoyada en el quicio mientras él me examinaba y me hacía reír fácilmente, también divertida ella— yo me quedaba aún más calmado y empezaba a adormilarme mientras oía su charla en el salón no lejano, u oía cómo oían un rato la radio o jugaban un poco a las cartas, en un tiempo en que el tiempo apenas corría, parece mentira porque no hace tanto, aunque desde entonces a ahora haya dado tiempo a que yo viva y muera. Oigo las risas de quienes aún eran jóvenes aunque yo no pudiera verlos como tales entonces y sí en cambio ahora: mi padre el que menos reía, un hombre taciturno y apuesto con un poco de melancolía permanente en los ojos, quizá porque había sido republicano y había perdido la guerra, y eso debe ser algo de lo que uno no se recupera nunca, de perder una guerra contra los compatriotas y los vecinos. Era un hombre bondadoso que jamás nos regañaba a mí ni a mi madre y estaba mucho tiempo en casa escribiendo artículos y críticas de libros que las más de las veces firmaba para los periódicos con nombres supuestos porque era mejor que no usara el suyo; o bien leyendo, un afrancesado, novelas de Camus y Simenon es lo que más recuerdo. El doctor Arranz era más jovial, un hombre zumbón con su hablar arrastrado, lleno de inventiva y frases, ese tipo de hombre que es el ídolo de los niños porque con las cartas sabe hacer juegos de manos y los divierte con rimas inesperadas y les habla de fútbol —Kopa, Rial, Di Stéfano, Puskas y Gento entonces—, y se le ocurren juegos con los que los tienta y despierta su imaginación, ya que en realidad nunca tiene tiempo para quedarse a jugarlos de veras. Y mi madre, siempre bien vestida pese a que no habría mucho dinero en la casa de un perdedor de la guerra —no lo había—, mejor vestida que mi padre porque aún tenía su propio padre que la vestía, mi abuelo, menuda y risueña y mirando al marido a veces con pena, mirándome a mí siempre con entusiasmo, tampoco hay muchas más miradas así más tarde, según se crece. Veo ahora todo eso pero lo veo completo, veo que las risas del salón no eran de mi padre nunca mientras yo me iba sumergiendo en el sueño, y en cambio sí era suya y solamente suya la escucha de la radio, una imagen imposible hasta hace bien poco y que ahora es tan nítida como las antiguas que mientras fui mortal se iban comprimiendo y difuminando, cada vez más cuanto más vivía. Veo que unas noches el doctor Arranz y mi madre salían, y ahora comprendo tantas referencias a las buenas entradas, que en mi imaginación de entonces yo veía siempre cortadas por un portero del estadio o de la plaza de toros —esos sitios a los que yo no iba— y sobre las que ya no me preguntaba ninguna otra cosa. Otras noches no había buenas entradas o no se hablaba de ellas, o eran noches de lluvia que no invitaban a dar un paseo ni a ir a una verbena, y ahora sé que entonces mi madre y el doctor Arranz pasaban al dormitorio cuando ya era seguro que yo me había dormido tras ser tocado en el pecho y en el estómago por las mismas manos que la tocarían a continuación a ella ya no tibias y con más urgencia, la mano del médico que tranquiliza e indaga y persuade y exige; y tras ser también besado en la mejilla o la frente por los mismos labios que besarían luego —y la acallarían— el habla entre dientes y desenfadada. Y tanto si salían al teatro o al cine o a la sala de fiestas como si sólo pasaban a la habitación de al lado, mi padre ponía la radio a solas mientras esperaba, para no oír nada, pero también al cabo del tiempo y de la rutina —al cabo de la nivelación de las noches que siempre llega cuando las noches insisten en repetirse— para distraerse durante media hora o tres cuartos (los médicos siempre van con prisa), porque acabó distrayéndose con lo que escuchaba. El doctor se marchaba sin despedirse de él y mi madre ya no salía del cuarto, allí se quedaba aguardando a mi padre, se ponía un camisón y cambiaba las sábanas, él nunca la encontraba con sus bonitas faldas y medias. Y veo ahora la conversación que instituyó este estado que para mí no era el de la crueldad sino uno piadoso que ha durado mi vida entera, y en esa conversación el doctor Arranz lleva el bigotito cortante que yo llegué a ver en los procuradores en Cortes hasta la muerte de Franco, y no sólo en ellos, sino en los militares y en los notarios, en los banqueros y en los catedráticos, en los escritores y en tantos médicos, no en él sin embargo, fue un adelantado al quitárselo. Mi padre y mi madre están sentados en el comedor y yo aún no tengo conciencia ni tampoco memoria, soy un niño que no anda ni habla y que está en su cuna y que nunca tendría por qué haberse enterado: ella mantiene todo el rato la mirada baja y no dice palabra, él tiene los ojos primero incrédulos y luego horrorizados: horrorizados y temerosos, más que indignados. Y una de las cosas que Arranz dice es esta:

—Mira, León, yo le paso muchos informes a la policía y los míos van todos a misa, nunca han fallado. He tardado en dar contigo pero yo sé bien lo que hiciste en la guerra, y te hartaste de avisar a los milicianos para que dieran paseos. Pero aunque no hubiera sido así. En tu caso no tengo mucho que inventarme, con exagerar me basta, decir que mandaste a las cunetas a la mitad de nuestro vecindario no estaría demasiado lejos de la verdad, ya me habrías mandado a mí de haber podido. Han pasado más de diez años, pero a ti te cae un fusilamiento si yo me voy de esta, y no tengo por qué callarme. Así que tú dirás lo que quieres: o lo pasas un poco mal con mis condiciones o dejas de pasarlo del todo, ni bien ni mal ni regular tampoco.

—¿Y cuáles son esas condiciones?

Veo al doctor Arranz hacer un gesto con la cabeza en dirección a mi madre callada —un gesto que la cosifica—, a la que conocía también de la guerra y de antes, también de aquel vecindario que perdió a tantos vecinos.

—Tirármela. Una noche sí y otra también, hasta que me canse.

Arranz se cansó como nos cansamos todos de todo, si nos dejan tiempo. Se cansó cuando yo aún tenía una edad en la que ese verbo tan principal no figura en el vocabulario, ni se concibe tampoco su contenido. La edad de mi madre, en cambio, fue la edad en que empezó a marchitarse y a no reír, y mi padre a prosperar y a vestir mejor, y a firmar con su nombre los artículos y las críticas —su nombre que no era León—, y a perder un poco de melancolía en sus enturbiados ojos; y a salir por las noches con algunas entradas buenas mientras se quedaba mi madre en casa a hacer solitarios o a escuchar la radio, o poco después a ver la televisión, más conforme.

Cuantos han especulado con la ultratumba o la perduración de la conciencia más allá de la muerte —si eso es lo que somos, conciencia— no han tenido en cuenta el peligro o más bien horror de recordarlo todo, hasta lo que no sabíamos: de saberlo todo, cuanto nos atañe o nos tuvo en medio, o tan sólo cerca. Veo con claridad absoluta rostros con los que me crucé una sola vez en la calle, un hombre al que di una limosna sin mirarle a la cara, una mujer que observé yendo en metro y de la que ya no volví a acordarme, las facciones de un cartero que me trajo un telegrama sin importancia, la figura de una niña a la que vi en una playa, siendo yo también niño. Se repiten los largos minutos que pasé esperando en los aeropuertos o haciendo cola en un museo o mirando el agua en esa playa lejana, o haciendo un equipaje y deshaciéndolo luego, los más tediosos, los que nunca cuentan y solemos llamar tiempos muertos. Me veo en ciudades en las que estuve hace mucho y de paso, con horas libres para pasearlas y luego borrarlas de mi memoria: me veo en Hamburgo y en Manchester, en Basilea y en Austin, en sitios a los que no habría ido si no me hubiera llevado el trabajo. También me veo en Venecia hace tanto, en mi viaje de bodas con mi mujer Luisa, con la que he pasado estos últimos años de tranquilidad y contento, me veo en ellos, en mi vida más reciente, aunque ya es remota. Vuelvo de un viaje y ella me espera en el aeropuerto, no hubo una vez en nuestro matrimonio en que ella no se llegara hasta allí a recibirme aunque me hubiera ausentado sólo durante un par de días, a pesar del tráfico abominable y de las prescindibles actividades, que son las que más agobian. Solía estar tan cansado que sólo tenía fuerzas para cambiar de canales ante la televisión idéntica de todos nuestros países, mientras ella me preparaba un poco de cena y me acompañaba con gesto aburrido pero paciente, sabedora de que sólo necesitaría el sopor y el descanso de la noche inminente para recuperarme y al día siguiente ser el de siempre, un tipo activo y bromista que hablaba un poco entre dientes, una forma estudiada de acentuar la ironía que gusta a todas las mujeres, llevan la carcajada en la sangre y no pueden evitar reírse aunque detesten a quien haga la broma, si la broma tiene gracia. Y a la tarde siguiente, ya recuperado, solía ir a ver a María, mi amante, que todavía reía más porque con ella mis ocurrencias no estaban gastadas.

Tuve siempre tanto cuidado de no delatarme, de no herir y de ser piadoso, a María la veía solamente en su casa para que nunca nadie pudiera encontrarme en ningún sitio con ella y preguntar entonces, o ser cruel y contar más tarde, o simplemente esperar ser presentado. Su casa estaba cerca y pasaba muchas tardes camino de la mía, no todas, suponía retrasarme tan sólo media hora o tres cuartos, a veces algo más, a veces me entretenía mirando por su ventana, la ventana de la amante tiene un interés que nunca tendrá la nuestra. Nunca cometí un error, porque los errores en estas cuestiones son formas de desconsideración, o aún peor, son maldades. Una vez me encontré con María yendo yo con Luisa, en un cine abarrotado una noche de estreno, y mi amante aprovechó el tumulto para acercarse a nosotros y cogerme la mano un instante, al pasar sin mirarme a mi lado, me rozó con el muslo que bien conocía y me cogió y acarició la mano. Nunca pudo Luisa verlo ni darse cuenta ni sospechar lo más mínimo aquel contacto tenue y efímero y clandestino, pero aun así decidí no ver a María durante unas semanas, al cabo de las cuales y de no cogerle yo el teléfono en mi despacho me llamó una tarde a mi casa, por suerte mi mujer no estaba.

—¿Qué pasa? —me dijo.

—Que nunca debes llamarme aquí, ya lo sabes.

—No te llamaría ahí si me lo cogieras en el despacho. He esperado quince días —dijo ella.

Y entonces yo le contesté haciendo un esfuerzo por recuperar la furia que había sentido hacía ya esos quince días:

—Ni te lo cogeré nunca más si vuelves a tocarme estando Luisa delante. Ni se te ocurra.

Ella guardó silencio.

Casi todo se olvida en la vida y todo se recuerda en la muerte, o en este estado de la crueldad en que consiste ser un fantasma. Pero en la vida olvidé y volví a verla un día y otro, de ese modo en que todo se aplaza indefinidamente para dentro de poco y siempre creemos que sigue habiendo un mañana en el que será posible detener lo que hoy y ayer pasa y transcurre y fluye, lo que insensiblemente se va convirtiendo en otra rutina que a su modo también nivela nuestros días y nuestras noches hasta que éstos acaban por no poder concebirse sin ninguno de los elementos que se han instalado en ellos, y las noches y días han de ser idénticos en lo esencial al menos, para que no haya renuncia ni sacrificio, quién los quiere y quién los soporta. Todo se recuerda ahora y por eso recuerdo perfectamente mi muerte, es decir, lo que supe de mi muerte cuando se produjo, que era poco y era nada si lo comparo con la totalidad de mi conocimiento ahora, y con el filo de las repeticiones.

Volví de uno más de mis viajes agotadores y Luisa no falló, fue a esperarme. No hablamos mucho en el coche, tampoco mientras deshacía yo mi maleta mecánicamente y miraba el correo acumulado muy por encima, y escuchaba las llamadas del contestador guardadas hasta mi regreso. Me alarmé al oír una de ellas, porque reconocí en seguida la voz de María, que decía mi nombre una vez, luego se cortaba, y eso hizo que mi alarma disminuyera al instante, una voz de mujer diciendo mi nombre e interrumpiéndose no significaba nada, no tenía por qué haber inquietado a Luisa si la había escuchado. Me eché en la cama ante la televisión y miré programas, Luisa me trajo unos fiambres con huevo hilado comprados en tienda, no habría tenido ganas o tiempo de hacerme ni una tortilla. Aún era temprano, pero ella me apagó la luz de la habitación para invitarme al sueño, y así me quedé, amodorrado y calmado con el recuerdo vago de sus caricias, la mano que tranquiliza aunque toque el pecho distraídamente y acaso con impaciencia. Luego salió de la alcoba y yo acabé por dormirme con las imágenes puestas, hubo un momento en que dejé de cambiar de canales.

No sé cuánto tiempo pasó, o miento puesto que lo sé ahora con exactitud, fueron setenta y tres minutos de profundo sueño y de sueños que aún tenían lugar en el extranjero, de donde había vuelto una vez más a salvo. Entonces me desperté y vi la luz azulada del televisor encendida, su luz que iluminaba los pies de la cama más que ninguna de sus imágenes, porque a eso no me dio tiempo. Veo y vi precipitarse sobre mi frente algo negro, un objeto pesado y sin duda frío como el estetoscopio, pero no era saludable sino violento. Cayó una vez y se alzó de nuevo, y en aquellas décimas de segundo antes de que volviera a abatirse ya salpicado de sangre pensé que Luisa me estaba matando por culpa de aquella llamada que sólo decía mi nombre y se interrumpía y tal vez había dicho muchas más cosas que ella había borrado después de oírlas todas, dejándome a mí que escuchara a mi vuelta el inicio tan sólo, sólo el anuncio de lo que me mataba. La cosa negra cayó de nuevo y mató esta vez, y mi última conciencia en vida me hizo no oponer resistencia, no intentar pararla porque era imparable y quizá también porque no me pareció mala muerte morir a manos de la persona con quien había vivido con tranquilidad y contento, y sin hacernos daño hasta que nos lo hicimos. La palabra es difícil y se presta a equívocos, pero tal vez llegué a sentir que aquella era una muerte justa.

Veo eso ahora y lo veo completo, con un después y un antes, aunque el después no me atañe en sentido estricto y no resulta por eso tan doloroso. Pero sí el antes, o sí la negación de lo que entreví y amagué pensar entre la bajada y la subida y la nueva bajada de la cosa negra que acabó conmigo. Veo ahora a Luisa hablando con un hombre que no conozco y que también lleva bigote como el doctor Arranz lo llevó en su día, aunque no cortante sino suave y poblado y con algunas canas.

Es un hombre de mediana edad, como fue la mía y quizá también la de Luisa, aunque yo la vi siempre como a una joven de la misma manera que nunca pude ver a mis padres y a Arranz como tales. Están reunidos en el salón de una casa que tampoco conozco y que es la de él, un lugar abigarrado, lleno de libros y cuadros y adornos, una casa estudiada. El hombre se llama Manolo Reyna y tiene suficiente dinero para no mancharse las manos nunca. Hablan en susurros sentados en un sofá, es por la tarde y yo estoy en esos momentos visitando a María, dos semanas atrás, dos antes de mi muerte a la vuelta de un viaje, y ese viaje aún no ha empezado, todavía se están haciendo los preparativos. Los susurros son ahora nítidos, tienen un grado de realidad incongruente no ya con mi estado que no conoce lo táctil, sino con la propia vida, nada en ella es tan concreto nunca, nada respira tanto. Pero hay un momento en que Luisa alza la voz, como la alza uno para defenderse o defender a alguien, y lo que dice es esto:

—Pero él se ha portado siempre muy bien conmigo, no tengo nada que reprocharle, y así es muy difícil.

Y Manolo Reyna contesta arrastrando las palabras:

—No sería más fácil ni te costaría menos si te hubiera hecho la vida imposible. A la hora de matar a alguien lo que haya hecho no cuenta, siempre parece un acto excesivo para cualquier comportamiento.

Veo a Luisa llevarse el pulgar a la boca y mordisquearlo un poco, un gesto que le he visto hacer tantas veces cuando vacila, o más bien antes de decidirse a algo. Es un gesto trivial, y es sangrante que también aparezca en medio de la conversación a la que no asistimos, la que se celebra a nuestras espaldas y nos menciona o critica o incluso defiende, o nos juzga y condena a muerte.

—Pues mátalo tú entonces, no quieras que yo cometa ese acto excesivo.

Veo ahora también que quien empuña la cosa negra junto a mi televisión encendida no es Luisa, ni tampoco Manolo

Reyna con su nombre folklórico, sino alguien contratado y pagado para que la haga abatirse dos veces sobre mi frente, la palabra es un sicario, en la guerra tantos milicianos fueron así utilizados. Mi sicario golpea dos veces y golpea con desapasionamiento, y esa muerte ya no me parece justa, ni adecuada, ni desde luego piadosa, como suele serlo la vida y lo fue la mía. La cosa negra es un martillo con mango de madera y cabeza de hierro, un martillo vulgar y corriente. Es el de mi casa, lo reconozco.

Allí donde el tiempo transcurre y fluye ya ha pasado mucho tiempo, tanto que no queda nadie de quienes conocí o traté, o padecí o quise. Cada uno de ellos, supongo, volverá sin ser percibido a ese espacio en el que se acumulan olvidados los tiempos y no verá allí más que a extraños, hombres y mujeres nuevos que creen, como los niños, que el mundo empezó con su nacimiento y para los que no tiene ningún sentido preguntarse por nuestra existencia pasada y barrida. Ahora Luisa recordará y sabrá cuanto no supo en vida ni tampoco en mi muerte. Yo no puedo hablar ahora de noches o días, todo está nivelado sin necesidad de esfuerzo ni de rutinas, en las que puedo decir que conocí sobre todo la tranquilidad y el contento: cuando fui mortal, hace ya tanto tiempo, allí donde todavía hay tiempo.

Todo mal vuelve

*Para el médico nocturno,
que no quiso ser ficticio*

Hoy he recibido una carta que me ha hecho acordarme de un amigo. La escribía una desconocida, de mí y del amigo.

A él lo conocí hace quince o dieciséis años y dejé de tratarlo hace dos, a causa de su muerte y no de otra cosa, aunque nunca nos vimos mucho, dado que él vivía en París y yo en Madrid. Yo visitaba su ciudad con razonable frecuencia, él muy rara vez la mía. Sin embargo no nos conocimos en ninguna de ellas, sino en Barcelona, y antes de vernos por primera vez yo ya había leído un texto suyo que me había mandado la editorial madrileña a la que por entonces ofrecía consejo (mal remunerado, como suele ser el caso). Aquella novela o lo que quiera que fuese era muy difícilmente publicable, y de ella no recuerdo apenas nada: sólo que tenía inventiva verbal y gran sentido del ritmo y considerable cultura (el autor conocía la palabra 'pecio') y que por lo demás era casi ininteligible, o para mí lo era: si fuera un crítico tendría que decir que se trataba de un continuador aumentativo de Joyce, pero menos pueril o senil que el último Joyce al que seguía a distancia. Aun así lo recomendé y mostré mi aprecio relativo en un informe, y eso hizo que su agente me llamara (aquel escritor con vocación de inédito tenía sin embargo agente) para establecer una cita con ocasión de un viaje de su representado a Barcelona, donde vivía su familia y también vivía yo, hace quince o dieciséis años.

Se llamaba Xavier Comella, y siempre me cupo la duda de si los negocios a los que veladamente se refería de vez en cuando como 'los negocios de la familia' serían la cadena de tiendas de ropa del mismo nombre en esa ciudad (jerseys eminentemente). Dado el carácter iconoclasta de su texto, yo esperaba encontrarme a un individuo barbado y selvático o bien a un iluminado con atuendo algo polinesio y colgantes metálicos, pero no fue así: por la boca del metro de Tibidabo, donde habíamos quedado, apareció un hombre poco mayor que yo, de veintiocho o veintinueve años entonces, y mucho mejor trajeado (soy persona de orden, pero él llevaba corbata y gemelos, lo cual era raro para nuestra edad y la época, corbata de nudo estrecho); con un rostro enormemente anticuado, parecía salido de los mismos años de entreguerras de los que procedía su literatura: el pelo rubiáceo echado hacia atrás y levemente ondulado como el de un piloto de caza o un actor francés en blanco y negro —Gérard Philipe, o Jean Marais en su juventud—; los iris color jerez con una mancha oscura en el blanco del ojo izquierdo que hacía a su mirada mirar herida; la mandíbula fuerte, como si la tuviera apretada siempre, una dentadura agradable y recia, un cráneo bien visible a través de la frente limpia, uno de esos cráneos que parecen a punto de estallar permanentemente, no tanto por su tamaño, que era normal, cuanto porque al hueso frontal no parece bastarle la piel tirante para contenerlo, tal vez era efecto de un par de venas verticales, demasiado protuberantes y azules. Era agraciado y amable, o aún más, extraordinariamente educado, asimismo para su edad y la época más bien grosera, uno de esos hombres con los que uno prevé que no se podrá tomar confianzas y sí en cambio confiar en ellos. Tenía un deliberado aspecto extranjero o tal vez extraterritorial que acentuaba su enajenación del tiempo que le había tocado, labrado sin duda el aspecto por sus siete u ocho años ya fuera de nuestro país: hablaba español con la grata entonación de los catalanes que no han hablado apenas catalán (suaves la *c* y la *z*, suaves la g y la j) y con un poco de titubeo antes de arrancar las frases, como si tuviera que llevar a cabo una mínima traducción mental previa, las tres o cuatro primeras palabras de cada oración. Sabía varias lenguas y leía en ellas, incluido el latín, de hecho comentó que había venido leyendo las *Tristia* de Ovidio en el avión de París, y lo comentó no tanto con pedantería cuanto con la satisfacción que produce el logro de lo que cuesta esfuerzo. Tenía algo de mundo y le gustaba tenerlo y hacerlo ver, durante la larga conversación que mantuvimos en el bar de un hotel cercano hablamos demasiado de literatura y pintura y música, es decir, de los asuntos que fácilmente se olvidan, pero algo me explicó de su vida, de la que tanto en aquella ocasión como durante los posteriores años en que nos tratamos hablaba siempre con una contradictoria mezcla de discreción e impudor. Esto es, lo contaba todo o casi todo, cosas muy íntimas, pero con una seria naturalidad —o era tacto— que en cierto sentido le restaba importancia, como quien considera que todo lo extraño y terrible y angustioso y triste que puede ocurrirle a uno no es otra cosa que lo normativo y el sino de todos, luego también del que escucha, que no deberá sorprenderse. No por eso carecía del ademán confidencial, pero quizá más como parte del bagaje de gestos del hombre atormentado que porque tuviera verdadera conciencia de lo que era en principio incontable, o uno hubiera dicho que lo era. En aquella primera oportunidad me contó lo siguiente: había estudiado medicina pero no la ejercía, sino que vivía, enteramente dedicado a la literatura, de una larga herencia o de rentas familiares, quizá procedentes de un abuelo textil, ya no recuerdo bien. Disponía de ellas y las había explotado desde hacía siete u ocho años, los que llevaba en París, adonde se había trasladado gracias a ese dinero huyendo de la para él mediocre y átona vida intelectual barcelonesa, que por lo demás no había tenido tiempo de conocer más que por la prensa, dada su juventud al partir. (Creció en Barcelona pero había nacido en Madrid, al ser su madre de esta ciudad.) En

París se había casado con una mujer llamada Éliane (siempre la nombraba así, jamás le oí decir 'mi mujer'), cuyo gusto para los colores, dijo, era el más exquisito que pudiera encontrarse en un ser humano (no pregunté, pero supuse que en tal caso sería pintora). Tenía un amplio y ambicioso proyecto literario del cual había realizado ya el veinte por ciento, señaló con precisión, aunque todavía nada se había publicado: dejando de lado a sus allegados, yo era la primera persona que se interesaba por sus escritos, que comprendían no sólo novelas, sino ensayos, sonetos, teatro y hasta una pieza para marionetas. Era evidente que confiaba mucho en que prevaleciera mi criterio en el seno de la editorial, sin saber que la mía era sólo una voz entre muchas, y no de las más autorizadas, dada mi juventud. Me dio la impresión de que tenía que ser bastante feliz, o lo que por eso suele entenderse: parecía muy enamorado de su mujer, vivía en París mientras en España acabábamos de salir del franquismo si es que habíamos salido, no tenía que trabajar ni más obligaciones que las que se impusiera él mismo, probablemente llevaba una interesante o amena vida social. Y sin embargo ya en aquel primer encuentro había en él un elemento de turbiedad y desazón, como si de él emanara una nube de sufrimiento, o quizá era una polvareda que iba condensando para luego sacudírsela y dejarla atrás. Cuando me habló de lo mucho que elaboraba sus textos, de las infinitas horas que había empleado para escribir cada una de las páginas que yo había leído, creí que era sólo eso: una concepción anticuada como él mismo, casi patética de la escritura, un llamamiento al dolor necesario para conseguir que las palabras transmitan algo de conmoción sin que importe su significado, como lo logran la música o el color sin figura o deberían lograrlo las matemáticas, dijo. Le pregunté si también le había costado horas una de sus páginas más fáciles de recordar, en la que aparecía tan sólo, cinco veces por línea, el gerundio 'cabalgando', así: 'cabalgando cabalgando cabalgando cabalgando cabalgando', lo mismo en todas las líneas. Me miró con sorpresa —unos ojos ingenuos— y al cabo de unos segundos se echó a reír. 'No', contestó, 'esa página no me llevó horas, desde luego. Hay que ver cómo eres', añadió con inesperada simpleza, y volvió a reír.

Llegaba siempre con un poco de retraso a las bromas, o, mejor dicho, a las leves tomaduras de pelo que sobre todo más adelante yo me permitía para rebajar la intensidad de lo que en ocasiones me contaba o decía. Era como si no comprendiera el registro irónico a las primeras de cambio, como si también en esto tuviera que efectuar una traducción: al cabo de unos momentos de desconcierto o asimilación se echaba a reír abiertamente con una carcajada casi femenina de tan generosa, como admirado de que alguien tuviera capacidad para la chanza en medio de una conversación seria si no solemne o incluso dramática, y lo apreciara mucho, la chanza y la capacidad. Eso suele ocurrirles a las personas que creen no tener un átomo de frivolidad; él tenía, pero lo ignoraba. Al ver su reacción aventuré alguna guasa más (quizá deba decir que es mi principal manera de mostrar simpatía y afecto), y le dije más tarde: 'La verdad es que sólo te falta poder publicar para tener una vida idílica, de cuento de Scott Fitzgerald antes de que a los personajes se les tuerzan las cosas'. Esto le hizo ensombrecerse un poco, se me ocurrió que tal vez por la mención de un autor que no debía interesarle nada, aún menos que a mí. Me contestó con gravedad: 'También me sobra algo'. Hizo una pausa teatral, como si dilucidara si iba a contarme o no lo que ya tenía en la punta de la lengua. Yo guardé silencio. Él lo soportó (soportaba el silencio mejor que nadie); yo no. Pregunté: '¿Qué es?'. Esperó aún un poco y luego contestó: 'Soy melancólico'. 'Vaya', dije yo sin poder evitar sonreír, 'suelen recurrir a eso quienes tienen privilegios excesivos que hacerse perdonar. Pero es una enfermedad antigua, y como tal no será grave, supongo: nada clásico es muy grave, ¿verdad?'

En él casi nunca había doble intención, y se apresuró a deshacer lo que juzgó que era un equívoco. 'Padezco de depresión melancólica casi continuamente', dijo; 'vivo medicado y eso lo amortigua, y si interrumpiera la medicación me suicidaría, es casi seguro. Antes de irme a París lo intenté ya una vez. No es que me hubiera ocurrido nada concreto, ninguna desgracia, es simplemente que sufría y no soportaba vivir. Esto puede sucederme de nuevo en cualquier instante, desde luego me sucedería si interrumpiera la medicación. Eso me dicen y probablemente tienen razón, yo soy médico.' No le echaba dramatismo, hablaba de ello con absoluto desapasionamiento, en el mismo tono en que me había contado lo demás. '¿Cómo fue esa vez?', pregunté yo. 'En la casa de campo de mi padre, en Gerona, cerca de Cassà de la Selva. Me apunté al pecho con una carabina, sujetando la culata entre las rodillas. Me temblaron, flaquearon, la bala se incrustó en una pared. Era demasiado joven', añadió a modo de disculpa, y sonrió amablemente. Era un hombre muy atento y no me dejó pagar.

Nos escribimos, empezamos a vernos cuando yo iba a París, quizá es que fui pocos meses después a reponerme de algún disgusto, allí podía alojarme en casa de una amiga italiana cuya compañía siempre me ha divertido y por lo tanto me ha consolado. La de Xavier Comella me interesó y me distrajo entonces, más adelante se convirtió en algo que pedía la repetición, como pasa con la de las personas con que uno cuenta también en ausencia.

Xavier vivía temporalmente en casa de su suegro con su mujer Éliane, francesa de origen y rasgos chinos, delicada hasta la náusea como cumple a toda mujer oriental que se precie de refinada, y ella además lo era. Su fantástico gusto para los colores, tan encomiado por su marido, no tenía por destino ningún lienzo, sino la decoración, me pareció que hasta entonces más de casas de amistades y conocidos que de verdaderos clientes, también la del restaurante de su padre, el suegro, que nunca visité pero que según Xavier era 'el más exquisito restaurante chino de Francia', lo cual tampoco era decir demasiado o al menos era enigmático. En presencia de su mujer las atenciones de quien iba siendo mi amigo se extremaban, hasta el punto de resultar a veces ligeramente fastidiosas: me rogaba que no fumara porque ella se mareaba con el humo; en los cafés había que sentarse siempre en las terrazas acristaladas por el mismo motivo y porque allí corría mejor el aire, y disponernos de manera que ella quedara de espaldas a la calzada, pues la aturdía la visión del tráfico; no se podía ir a un local ni a un cine que estuvieran medio llenos porque a Éliane la angustiaban las masas, ni por supuesto a ninguna cava o tugurio, porque le causaban claustrofobia; también había que evitar los espacios muy amplios como la Place Vendôme, porque asimismo padecía de agorafobia; no podía estar de pie sin andar más tiempo del que dura un semáforo, y si había que hacer una cola para un teatro o un museo, aunque fuera de pocos minutos, Xavier acompañaba a Éliane hasta algún café cercano y la depositaba allí —tras comprobar que no había ninguna amenaza, lo cual llevaba su tiempo, de tan variadas— para que esperara sentada y a salvo; entre unas cosas y otras, cuando él regresaba a mi lado para solidarizarse con mi lento avance yo ya había sacado los billetes o entradas y había que volver a buscarla: para entonces ella había pedido ya un té y había que esperar a que se lo tomara: en más de una ocasión la función empezó sin nosotros o hubimos de ver el museo a paso de carga. Salir con los dos era un poco empalagoso, no sólo por estas servidumbres e inconvenientes, sino porque el espectáculo de la adoración no es nunca agradable de contemplar, menos aún si el que adora es alguien a quien se tiene aprecio: inspira pudor, da vergüenza, en el caso de Xavier Comella era como estar asistiendo a la manifestación —o a parte— de su intimidad más apasionada, lo cual es algo que toleramos sólo en nosotros mismos —como nuestra propia sangre, como nuestras uñas cortadas—. Y quizá era aún más embarazoso porque viendo a Éliane uno podía entenderlo, o imaginarlo: no es que fuera una descomunal belleza y era más bien callada (por supuesto no pedía ni protestaba de nada porque eso no casaba con el refinamiento, ni le hacía falta: Xavier era solícito y cabal intérprete de sus necesidades), en el recuerdo es para mí una figura completamente difuminada, pero su mayor atractivo —y era muy alto— residía probablemente en que también en presencia, en presente, uno la sentía ya como un recuerdo, un esfumado y tenue recuerdo y como tal armonioso y pacífico, sedante y un poco nostálgico e inaprehensible. Tenerla en los brazos debía de ser como abrazar lo que se ha perdido, a veces sucede en sueños. Xavier me dijo una vez que estaba enamorado de ella desde los catorce años: no me atreví a preguntar cómo y dónde la había conocido tan pronto, yo no pregunto mucho. Me ha quedado una imagen de los dos juntos que predomina sobre todas las otras: en un mercado de flores y plantas al aire libre empezó a llover una mañana con bastante fuerza, pero la excursión se había hecho para que Éliane eligiera las primeras peonías del año y también otros ramos, de modo que a nadie se le ocurrió ni hubo lugar a ponerse a cubierto, sino que Xavier abrió su paraguas y cuidó de que a ella no le cayera una gota durante su recorrido minucioso e inalterable, siguiéndola a un par de pasos con su bóveda impermeable en alto y empapándose él a cambio como un lacayo devoto y acostumbrado. Unos pasos detrás iba yo, sin paraguas pero sin atreverme a desertar del cortejo, lacayo de inferior categoría, menos ferviente y sin recompensa.

Cuando quedábamos sin ella él hablaba y contaba más, también más que en las cartas, afectuosas pero muy sobrias, a veces de un laconismo tan tenso que presagiaba algún estallido —como su frente de piel tirante y abombadas venas— que se produciría ya fuera del sobre. Fue sin ella delante como me habló de sus prontos violentos tan difíciles de imaginar, y a lo largo de trece o catorce años yo no asistí a ninguno, si bien es verdad que nos veíamos sólo de tarde en tarde y su vida se me aparece ahora como un libro deteriorado con numerosas páginas sin imprimir, o como una ciudad que uno ha visto sólo de noche y de paso, aunque muchas veces. Una vez me contó que en una reciente visita a Barcelona había aguantado en silencio las amonestaciones burlescas de su padre, separado de su madre y vuelto a casar, hasta que en un arrebato había empezado a destrozarle la casa, había arrojado muebles contra las paredes y derribado arañas, rasgado cuadros y arrasado estantes, por supuesto reventado la televisión. Nadie lo paró: él se calmó al cabo de un par de minutos demoledores. Lo contaba sin complacencia, pero también sin arrepentimiento ni pesar. A este padre yo lo conocí en París, con su nueva mujer holandesa que llevaba un brillante incrustado junto a una de las aletas de la nariz (una adelantada a su época). Llamado Ernest, no se parecía a Xavier más que en la frente huesuda: era mucho más alto y con el pelo negro sin una cana, tal vez teñido, un hombre presumido, indulgente y despreocupado, levemente altanero para con su propio hijo, a quien era evidente que no se tomaba en serio, aunque tal vez eso no tenía nada de particular, puesto que nada parecía tomarse de esa manera. Producía el efecto de un niño pijo enquistado, aún dedicado a ver concursos de hípica, tirar al plato y —aquella temporada— hojear tratados de filosofía hindú: uno de esos individuos, cada vez más raros, que parecen estar siempre en batín de seda. Tampoco Xavier se lo tomaba a él en serio, pero no podía mostrarse asimismo altanero, en parte porque le irritaba, también porque ese rasgo no lo había heredado.

Fue también sin Éliane delante como a los dos o tres años de nuestros primeros encuentros me contó Xavier la muerte de su hijo recién nacido, no recuerdo si estrangulado por su propio cordón umbilical, o sin duda no, pues lo que sí recuerdo es uno de sus comentarios tan parcos (ni siquiera me había dicho que lo esperaran): 'Para Éliane ha sido más grave que para mí', dijo. 'No sé cómo va a reaccionar. Lo peor es que el niño llegó a existir, así que no podremos olvidarlo, ya le habíamos dado nombre.' No le pregunté cuál era ese nombre, para no tener que recordarlo yo también. Años más tarde, hablándome de otra cosa —pero quizá no pensaba en otra cosa—, me escribió: 'Lo que es repulsivo es tener que enterrar lo que acaba de nacer'. Aún no se había separado de Éliane —o Éliane de él— el día que me habló de un proyecto literario que precisaba de un experimento, me dijo: 'Voy a escribir un ensayo sobre el dolor. Pensé primero en hacer un tratado estrictamente médico y titularlo *Dolor, anestesia y diestesia*, pero he de ir más allá, lo que en realidad me interesa del dolor es el misterio que representa, su carácter ético y su descripción en palabras, y todo eso es algo cuya posibilidad tengo a mano: he planeado suspender dentro de pocos días mi medicación contra la depresión melancólica y ver qué pasa, ver hasta dónde puedo aguantar y examinar el proceso de mi dolor mental que acaba por hacerse físico en formas diversas, pero sobre todo a través de unas migrañas inconcebibles. La palabra migraña parece siempre leve por culpa de las esposas insatisfechas o esquivas, pero encierra uno de los mayores padecimientos que puede conocer el hombre, eso desde luego. Cabe la posibilidad de que si quiero detener el experimento sea demasiado tarde, pero no puedo dejar de llevar a cabo esta investigación'. Xavier Comella había seguido escribiendo más novelas y más poesía y unas 'imaginarias' —en el sentido de 'guardias'—y una epistemología, de todo lo cual habíamos logrado que la editorial madrileña que nos había hecho conocernos aceptara por fin publicar su novela *Vivisección*, mucho más extensa que la que yo había leído; sin embargo aún no había visto la luz a causa de inacabables retrasos, y él estaba trabajando en una traducción de *La anatomía de la melancolía* de Burton por encargo de la misma editorial, que lo había elegido para la tarea también por su profesión. Seguía siendo un autor inédito, y de vez en cuando, desesperado, tomaba la decisión de seguir siéndolo para siempre: cancelaba contratos que luego había que reconstruir, suerte que el editor era un hombre paciente, arriesgado y afectuoso, lo casi nunca visto. 'No tienes curiosidad por ver tu libro publicado', le dije yo. 'Sí, claro que sí', contestó, 'pero no puedo esperar, y con el ensayo sobre el dolor habré completado el sesenta por ciento de mi obra', volvió a señalar con la acostumbrada precisión. 'El día que te conocí me dijiste que sin tu medicación lo más probable era que te suicidaras, y si eso ocurriera tu obra se quedaría tan sólo en el cincuenta por ciento o quizá menos, depende del porcentaje que lleve tu ensayo. Y el cincuenta por ciento es poca cosa, ¿no?' Se echó a reír con retraso como solía y me dijo con la extraña simpleza verbal en que incurría a veces: 'Tienes unas salidas...'. Yo no me preocupé demasiado, siempre pensaba que su verdad era exagerada cuando me contaba los episodios más dramáticos y aparatosos.

Durante los siguientes meses sus cartas se hicieron aún más austeras de lo habitual, y su letra infantil más apresurada. Sólo al despedirse decía alguna frase sobre sí mismo o su estado o sobre la marcha de su experimento: 'Hoy por hoy la máxima velocidad hacia el futuro sigue siendo insuficiente y no envejecemos respecto a él sino respecto a nuestro pasado. Mi futuro perfecto tiene prisa; mi pasado perfecto no tiene frenos'. O bien: 'Siempre he vivido con la aprensión de tener que callarme un día, definitivamente. En fin, amigo, estoy más pusilánime que nunca'. Pero poco después: 'Cada vez soy más invulnerable por dentro y combustible por fuera'. Y más adelante: 'Ni vivir ni morir sino quizá durar sea lo más heroico en el hombre'. Y en la siguiente carta: '¿Qué pensarán de nosotros? ¿Qué pensamos de nosotros? ¿Qué pensarás de mí? No quiero saberlo. Mas la pregunta me produce cierto abatimiento. Ni más ni menos'. 'Como te dije en el curso de nuestra conversación frente al Luxemburgo', decía una vez refiriéndose a la obra cuyo advenimiento invocaba, 'mi puerta de entrada consiste en provocar una recaída en el cólico endógeno y cuando los meandros de los setenta primeros escolios te conduzcan al último comprenderás el porqué, tanto más si recuerdas lo que te comenté respecto a las condiciones privilegiadas que reúne mi enfermedad. Desde luego ese regreso al Hades es un poco bestia y soy el primero en reprochármelo, pero, ¿cómo contentarse con atunes cuando se tiene aparejo para tiburón?' Y aún: 'No estoy otra vez muy mal. Es la misma vez'. Hubo de interrumpir el experimento antes de lo esperado: él calculaba que necesitaría seis meses para alcanzar el culmen, y a los cuatro hubo de ser hospitalizado durante dos semanas, incapaz de aguantar sin su medicación y aún sin los medios para ponerse a escribir. Sé que su familia y los médicos lo regañaron mucho.

Poco después se produjeron reveses y cambios encadenados, aunque él me los transmitía espaciadamente, sin duda por delicadeza: sólo cuando hacía algún tiempo que había ocurrido me comunicó la separación de Éliane. No me dio explicaciones lineales, pero a lo largo de nuestra charla —esta vez en Madrid, en una visita a un hermano que ahora vivía aquí— me las dio a entender, y entendí estas cuatro: un hijo muerto no une necesariamente, sino que a veces separa si la cara del uno no hace sino recordarle esa muerte al otro; los años de espera de algo concreto, un libro y su publicación, quedan justamente quebrados cuando lo esperado llega; lo que nace en la infancia no se acaba nunca, pero tampoco se cumple; el dolor propio no es que se pueda, se tiene que soportar, pero lo que no se puede es pedir que asistamos al que se inflige a sí mismo el otro, porque nunca veremos su necesidad. Aquella ruptura no supuso, con todo, el fin de la adoración: Xavier confiaba en que se demorara el divorcio, también en que Éliane no abandonara París, le ofrecían un trabajo excelente como decoradora en Montreal.

Más tarde me comunicó que su herencia o sus rentas habían llegado a su término (tal vez eran cantidades que el padre desviaba de los negocios de la familia y se cansó de seguir con la práctica). Hasta entonces su único trabajo remunerado había sido la traducción monumental de Burton, a cuyo cincuenta por ciento aún no había llegado; desconocía los horarios, por supuesto madrugar. Decidió ejercer entonces su carrera olvidada e inició las gestiones para hacerlo en París, de donde en ningún caso quería moverse mientras Éliane permaneciera allí. Esperó la nacionalidad y el doctorado de estado, tuvo que trabajar al principio como enfermero, luego en un dispensario ('Hombres y mujeres, ancianos y adolescentes transformados en lampistería: allá voy para arbitrar entre horrores y bagatelas'). Estuvo a punto de incorporarse a Médecins du Monde o Médecins sans Frontières, organizaciones que lo habrían enviado una temporada a África o a Centroamérica con los gastos pagados pero sin darle un salario, de allí habría vuelto con los bolsillos sin peso. Ya no dispuso de todo su tiempo para escribir, y disminuyó la velocidad con que iba cubriendo su famoso ciento. De Éliane no quería hablar mucho, sí lo hacía en cambio de otras mujeres jóvenes o no tanto, entre ellas mi amiga italiana que yo le había presentado años atrás: según él ella fue muy cruel; según ella sólo se defendió: tras pasar una noche juntos él salió de la casa de ella para regresar a las pocas horas con su equipaje, ya dispuesto a vivir allí. Fue expulsado con indignación femenina. Yo escuché ambas versiones y no opiné, solamente lo lamenté.

Ya no era un autor inédito, pero su novela en España no tuvo ventas ni apenas reseñas, como era de prever. Cuando yo iba a París solíamos quedar a cenar o almorzar en el Balzar o en Lipp, y eso no cambió, pero ahora permitía que yo invitara, cuando él había impuesto siempre la ley de la hospitalidad: tú eres un forastero y esta es mi ciudad. Seguía vistiendo bien —lo recuerdo mucho con gabardina elegante—, como si a eso no pudiera renunciar por educación, tal vez la única herencia del padre. Quizá, sin embargo, ya no combinaba los colores tan adecuadamente, como si eso hubiera dependido del excepcional sentido de Éliane para ellos y para cuanto fuera ornamento. Una vez la mencionó en una carta: 'De la raíz separada de Éliane brotan con furia retoños de rayo por los que se me va la mitad de la vida', dijo. Durante dos años en que no nos vimos cambió un poco físicamente, y con su tacto de siempre me lo advirtió: 'No sólo estoy cansado mentalmente sino además en pésima forma física. Testigo de cargo es la alopecia galopante que me obliga a llevar gorra para protegerme del malhumorado otoño de esta latitud'. Tuvo que trasladarse a un barrio más bien magrebí. En uno de mis viajes no contestaba al teléfono aunque yo sabía que estaba en París. Pensé que tal vez se lo habían cortado, cogí el metro y me presenté en su remota y desconocida casa, es decir, en lo que resultó ser su cuarto, tan exiguo y tan poco amueblado, paradero de la desolación. Pero en realidad de esa escena sólo recuerdo su cara de alegría al verme en el umbral. Sobre su mesa de trabajo había un vaso de vino.

Las cosas fueron mejorando un poco mientras yo me alejaba y viajaba a Italia y ya no a París, cuando viajaba. Xavier Comella encontró por fin un empleo perfecto para sus propósitos, si bien —en consonancia— no le procuraba demasiado dinero: médico interino o de reemplazo en un hospital, casi sólo trabajaba cuando lo precisaba o quería: siempre que cubriera un mínimo de suplencias al mes, quedaba a su voluntad aumentar el número según sus fuerzas o necesidades, y eso le permitió volver a tener tiempo para la impaciente ejecución de su obra. Esa impaciencia yo no la entendía muy bien, habida cuenta de que tras *Vivisección* nada más veía la luz: ni su novela *Hécate*, ni la titulada *La espada sin filo*, ni su *Tratado de la voluntad* ni sus poemas que me mandaba a veces eran aceptados por ninguna editorial. Recuerdo dos versos de una 'imaginaria' que recibí: 'Vigilia de tu geminado espíritu / Es el sueño en que por cuerpo me niego'. Cuanto escribía seguía siendo difícilmente comprensible, cuanto escribía tenía brío. Yo lo leía poco, él seguía traduciendo la *Anatomía*.

Hacía ya diez u once años que nos conocíamos cuando una mañana volvimos a estar sentados en la acristalada terraza de un café de Saint-Germain. Había ennoblecido de aspecto y había aprendido a peinarse el pelo que le iba escaseando como si se le hubiera vuelto más rubio. Lo vi animado tras aquellos años en que había padecido males, y me informó de los importantes avances de sus escritos, había llegado al ochenta y tres y medio por ciento de la totalidad de su obra, según me dijo, ya asumiendo mi ironía al respecto. Luego hizo su ademán confidencial y se puso más serio: le faltaban sólo dos textos para terminar, una novela que se titularía *Saturno* y el aplazado ensayo sobre el dolor. La novela sería lo último por sus complicaciones técnicas, y ahora se sentía con fuerzas para volver a su experimento y suspender de nuevo su medicación. Confiaba en aguantar esta vez lo bastante para poder ponerse a escribir sabiendo cuanto debía saber. 'En estos años de ejercicio de mi profesión he visto mucho dolor, e incluso lo he administrado: lo he combatido y lo he permitido, según lo que fuera más beneficioso para el paciente; lo he suprimido de cabo a rabo con morfina y otros medicamentos y drogas que no se hallan en el mercado y a los que sólo los médicos tenemos acceso, muchos son un secreto tan bien guardado como si fuera de guerra, lo que dan las farmacias y los dispensarios es una mínima parte de lo que existe; pero de todo hay un mercado negro. El dolor lo he visto, lo he observado, lo he graduado, lo he mitigado, pero ahora me toca sufrirlo de nuevo físico, con el que es fácil dar, sino el dolor que hace que la cabeza no desee otra cosa que dejar de pensar, y no puede. Tengo el convencimiento de que el mayor dolor es el de la conciencia, contra el que no hay apenas remedio ni amortiguamiento, ni más cesación que la muerte, y aun así de eso no estamos seguros.' Esta vez no intenté disuadirlo, ni siquiera de la manera oblicua y levísima en que lo había hecho ante su primer anuncio de la investigación personal.

Nos teníamos mucho respeto, sólo le dije: 'Bueno, tenme al tanto'.

No se puede afirmar que lo hiciera, esto es, no me fue informando de su proceso ni de su razonamiento, quizá porque no podía hablar de ello más que indirectamente y a través de sensaciones y síntomas y estados de ánimo, a los que no tenía inconveniente en hacer referencia, y así, en sus cartas de los siguientes meses —yo estaba en Madrid o en Italia— no contaba mucho de lo que le ocurría o pensaba, letras más lacónicas que de costumbre, pero de vez en cuando soltaba una frase que me ensombrecía, nítida o enigmática, confesional o críptica según los casos: de las segundas, que solían venir al final de las cartas, justo antes de la despedida o incluso después, en un post-scriptum, he vuelto a leer hoy unas cuantas: 'Dolor pensamiento placer y futuro son los cuatro números necesarios y suficientes de mi interés.' 'Nada mancha más que el exceso de pudor: paga antes de ser tu propio Shylock.' 'Hagamos lo posible por no soltarnos del vagón de cola.' 'Si no desiertas del desierto el desierto se hará transitivo y te desertará y transitivo no en el *te* sino en el hacerte desierto.' 'Un fuerte abrazo y no des descanso a nadie. Te lo podrían hacer pagar.' Esas cosas decía. Entre las primeras hay una continuidad, incluso un progreso: 'Ni me apetece escribir, ni me apetece ejercer, ni viajar, ni pensar, ni tan siquiera desesperar', decía, y a la siguiente: 'Leo por simulacro de ocupación'. Algo después pensé que se había recuperado un poco, ya que mencionaba abiertamente —la única vez— la prueba en la que estaba inmerso: 'De mi experiencia ética del dolor endógeno sigo a la espera de que estalle la bomba de relojería que monté a principios de verano pero no sé el día ni la hora. Ya lo ves, pero no te pares mucho a mirarlo, es demasiado patético para merecer consideración, y si algo de titánico hay en todo ello la verdad es que me siento francamente enano'. Yo no sé qué le respondía, ni si le preguntaba, uno olvida sus propias cartas en cuanto las echa al buzón, o aun antes, en cuanto lame el sobre y lo cierra. Él seguía dándome el escueto parte de su inactividad: 'Un poco de medicina, muy poco de pluma, algo más de recogimiento. La hojarasca húmeda'. Yo recordaba que en su primer y fracasado intento había hablado de seis meses como del tiempo que habría necesitado resistir sin su medicación para alcanzar lo que buscaba, y por eso esperé que con la llegada del invierno su bomba de relojería estallara o bien tuviera que detenerla, aunque fuera para ir de cabeza al hospital otra vez. Pero esa estación sólo contribuyó a su empeoramiento, que él sin embargo no debió juzgar suficiente: 'Yo estoy como exangüe desde hace dos meses. Ni escribo, ni leo, ni escucho, ni veo. Oigo truenos, eso sí, pero no sé si es una tormenta que se aleja o se acerca, ni si es pasada o futura. Aquí termino: el buitre me picotea ya el hemisferio izquierdo'. Supuse que se refería a la migraña que lo torturaba.

Luego pasaron casi dos meses sin ninguna noticia, y al cabo de ese tiempo recibí en Madrid una llamada de Éliane. Tras su separación no había mantenido con ella ningún contacto, pero no tuve capacidad para la sorpresa, sino que en seguida pensé lo peor. 'Xavier me ha pedido que te llame', me dijo en francés con ese tiempo verbal que tan poco indica sobre cuándo ocurrió lo ocurrido, y antes de que continuara dudé si se lo habría pedido antes de morir o en aquel mismo instante, si estaba vivo. 'Ha tenido una recaída muy fuerte y está hospitalizado, quizá para un poco de tiempo; por ahora no podrá escribirte, y no quería que te preocuparas demasiado. Ha estado mal, pero ya está mejor.' Había en sus palabras tanto convencionalismo como era admisible en una llamada así, pero me atreví a preguntarle dos cosas aunque eso supusiera violentar a un recuerdo, es decir, a quien ya era dos veces recuerdo: '¿Ha intentado suicidarse?'. 'No', contestó, 'no ha sido eso, pero ha estado muy mal.' '¿Vas a volver con él?' 'No', contestó, 'eso es imposible.'

Durante los dos últimos años de nuestra amistad nos escribimos menos y nos tratamos menos, yo fui sólo una vez a

París, él ya nunca volvió a Madrid. Fue dejando de contestar a mis cartas o tardaba demasiado, y todo requiere un ritmo. Hay más cosas de él muy desoladas, pero no quiero contarlas ahora, yo no las viví y las supe sólo por sus confidencias. La última vez que nos vimos fue en un viaje mío muy breve, almorzamos en el Balzar; había engordado un poco —abombado el pecho— y no le sentaba mal. Sonreía a menudo, como alguien para quien es un acontecimiento salir a almorzar. Me contó con cautela y pocas palabras que durante nuestro silencio por fin había escrito el ensayo sobre el dolor. Creía que eso se lo publicarían, pero sobre el texto no dijo más. Ahora ya estaba entregado al último, al *Saturno*, y lo escribía sin pausa pero con gran dificultad. Todo aquello me resultó algo ajeno: su vida se me había hecho todavía más fragmentaria, más fantasmal, como si en las últimas páginas del libro deteriorado aparecieran ya sólo los signos de puntuación, o como si hubiera empezado a sentirlo como recuerdo también a él, o quizá como alguien ficticio. Estaba casi calvo pero su rostro seguía siendo agraciado. Pensé que sus venas aún más visibles parecían altorrelieves. Allí nos despedimos, en la rue des Écoles.

Después de eso sólo recibí ya una carta, y un telegrama, la primera al cabo de bastantes meses, y en ella decía: 'No te escribo porque al final tenga algo que decirte, sino precisamente porque el tiempo pasa y cada vez me deja menos para contar. Nada positivo. Horrible invierno, lleno de recesos rellenos de remolinos. Sedimentos y caos. Un silencio editorial desmaterializante. Un divorcio con Éliane. Y náusea frente a toda creación. La semana pasada fue de un tedio coagulante. Anteanoche fue peor: me despertó un alarido, mío'. Y el post-scriptum tras la firma decía: 'Así que sólo ennegreceré un poco más mi cenicienta materia'.

No me preocupé especialmente y no contesté porque al cabo de dos semanas viajaba de nuevo a París. Esto fue hace dos años, o algo más. Llevaba ya tres días en la ciudad, alojado como siempre en la casa de mi amiga italiana, y todavía no lo había llamado, esperando a desembarazarme primero de mis ocupaciones allí. Llevaba tres días cuando regresé de la calle a la casa y la amiga italiana que fue cruel con él o se defendió de él me dio la noticia de su voluntaria muerte, anteayer. Ya no era demasiado joven, no falló; era médico, fue preciso; y evitó todo dolor. Días después logré hablar con su madre, a la que nunca conocí: me dijo que Xavier había terminado el *Saturno* dos noches antes de anteayer (el ciento por ciento, se acabó la vida al acabarse el papel). Había hecho dos copias, había escrito tres cartas que se encontraron sobre la mesa junto a un vaso de vino: para ella, para la agente que no tuvo éxito, para Éliane. En la carta a la madre le explicaba el rito: pensaba leer unas páginas, oír algo de música, beber algo de vino antes de acostarse. Al teléfono ella no me supo decir qué música ni qué líneas, y no he vuelto a preguntarlo para no tener que recordar eso también. De las más de mil páginas de la *Anatomía* de Burton llegó a traducir setecientas —el sesenta y dos por ciento—, y el resto aún aguarda a que alguien se decida a concluir la tarea. No sé qué se ha hecho de su ensayo sobre el dolor.

El telegrama lo hallé a mi regreso a Madrid. Lo había escrito un vivo pero yo leí a un muerto. Decía esto: 'TODO BIEN VA NADA VA BIEN TODO MAL VUELVE MI MEJOR ABRAZO XAVIER'.

Hoy he recibido una carta que me ha hecho acordarme de este amigo. La escribía una desconocida, de mí y de él.

Menos escrúpulos

Estaba tan apurada de dinero que me había presentado a las pruebas para aquella película porno dos días antes y me había quedado atónita al ver cuánta gente aspiraba a uno de esos papeles sin diálogo, o bueno, sólo con exclamaciones. Había ido hasta allí con el ánimo encogido y avergonzado, diciéndome que la niña tenía que comer, que tampoco importaba tanto y que era improbable que esa película la fuera a ver nadie que me conociese, aunque sé que siempre todo el mundo se acaba enterando de todo lo que sucede. Y no creo que nunca llegue a ser nadie para que en el futuro quieran hacerme chantaje con mi pasado. Por otra parte ya hay bastante.

Al ver aquellas colas en el chalet, en las escaleras y en la sala de espera (las pruebas, como el rodaje, se hacían en un chalet de tres pisos, por Torpedero Tucumán, por esa zona, no la conozco), me entró miedo a que no me cogieran, cuando hasta aquel momento mi verdadero temor había sido el contrario, y este otro mi esperanza: que no les pareciera lo bastante guapa, o lo bastante opulenta. Esto último era una esperanza vana, he llamado la atención toda mi vida, sin exageraciones pero la he llamado, no ha servido de gran cosa. 'Vaya, tampoco conseguiré este trabajo', pensé al ver a todas aquellas mujeres que lo pretendían. 'A menos que la película incluya una escena de orgía masiva y necesiten extras a patadas.' Había muchas chicas de mi edad y más jóvenes, también mayores, señoras con aspecto demasiado hogareño, madres como yo sin duda, pero madres de proles, con cinturas irrecuperables, todas vestidas con faldas un poco cortas y zapatos de tacón y jerseys ajustados, como yo misma, mal maquilladas, en realidad era absurdo, íbamos a salir desnudas si es que salíamos. Alguna se había traído a los niños, que correteaban arriba y abajo por las escaleras, las demás les hacían monerías cuando pasaban. También había mucha estudiante con vaqueros y camiseta, ellas tendrían padres, qué pensarían sus padres si eran aceptadas y ellos veían la película por azar un día; aunque fuera para comercializar sólo en vídeo luego hacen lo que quieren, acaban pasándolas por las televisiones a las tantas de la madrugada, y un padre con insomnio es capaz de todo, una madre menos. La gente no tiene un duro y hay mucho desocupado: se ponen ante la televisión y ven cualquier cosa para matar el rato o matar el vacío, no se escandalizan de nada, cuando uno no tiene nada todo parece aceptable, las barbaridades resultan normales y los escrúpulos se van de paseo, y al fin y al cabo estas guarrerías no hacen daño, hasta se ven con curiosidad a veces. Se descubren cosas.

Dos tipos salieron de la habitación de arriba en que se estaban realizando las pruebas, más allá de la sala de espera, y al ver la cola se llevaron las manos a la cabeza y decidieron recorrerla lentamente —peldaño a peldaño—, diezmándola. 'Tú puedes irte', le decían a una señora. 'No eres adecuada, no sirves, no hace falta que esperes', les iban diciendo a las más matronas, también a las jóvenes con aspecto más tímido o pánfilo, tuteando a todas. A una le pidieron el carnet allí mismo. 'No lo llevo', dijo. 'Entonces fuera, no queremos líos con menores', dijo el más alto, al que el otro llamó Mir. El más bajo llevaba bigote y parecía más educado o con más miramientos. Dejaron la cola reducida a un cuarto, allí quedamos sólo ocho o nueve y nos fueron pasando. Una de las que me precedió salió al cabo de unos minutos llorando, no supe si porque la rechazaban o porque le habían hecho hacer algo humillante. Quizá se habían burlado de su cuerpo. Pero si una acude a estas cosas ya sabe lo que le espera. A mí no me hicieron nada, sólo lo previsible, me dijeron que me desnudara, por partes primero. Ante una mesa estaban Mir y el bajito y otro con coleta como un triunvirato, luego había un par de técnicos y de pie un tipo con cara de mono y pantalones rojos cruzado de brazos que no sé qué pintaba, podía ser un amigo que se había apuntado a la sesión, un mirón, un salido, la cara era de salido. Hicieron unas tomas de vídeo, me miraron bien, por aquí y por allá, al natural y en pantalla, date la vuelta, levanta los brazos, normal, un poco de vergüenza claro que pasé, pero casi me entró la risa al ver que tomaban notas en unas fichas, muy serios, como si fueran profesores en un examen oral, santo cielo. 'Puedes vestirte', dijeron luego. 'Aquí pasado mañana a las diez. Pero ven bien dormida, no nos traigas esas ojeras de sueño, no sabes lo que cantan en pantalla.' Lo dijo Mir, y era verdad que tenía ojeras, apenas había pegado ojo pensando en la prueba. Iba ya a salir cuando el tipo de la coleta, al que llamaban Custardoy, me retuvo con la voz un momento. 'Oye', dijo, 'para que no haya sorpresas ni problemas ni te nos plantes a última hora: la cosa será francés, cubano y polvo, ¿de acuerdo?' Se volvió hacia el alto para confirmar: 'Griego no, ¿verdad?'. 'No, no, con esta no, que es primeriza', respondió Mir. El primate descruzó los brazos y volvió a cruzarlos, contrariado, vaya mamarracho con sus pantalones rojos. Intenté hacer memoria rápidamente; había oído esos términos, o los había visto en los anuncios sexuales de los periódicos, quizá había sabido lo que significaban, aproximadamente. 'Griego no', habían dicho, así que eso me daba lo mismo, al menos por ahora. 'Francés', creí acordarme. Pero, ¿y 'cubano'?

—¿Qué es cubano? —pregunté.

El hombre bajo me miró con reconvención.

—Pero mujer —dijo, y se llevó las manos a los pechos que no tenía. No estuve segura de entender muy bien, pero sólo me atreví a preguntar otra cosa:

—¿Está ya elegido mi compañero? —me dieron ganas de decir 'mi compañero de reparto', pero pensé que podía parecerles una burla.

—Sí, ya lo conocerás pasado mañana. No te preocupes, él tiene experiencia y te llevará muy bien. —Esa fue la expresión que empleó el bajito, como si hablara de un baile antiguo, agarrado, cuando aún tenía sentido decir 'Yo llevo'.

Ahora estaba de nuevo en la salita de espera, esperando para rodar, esperando con mi compañero, al que acababan de presentarme, me dio la mano. Nos habíamos sentado en el sofá un tanto escaso, tanto que él, en seguida, se pasó a un silloncito que hacía juego para estar más cómodo. El tipo alto y el tipo bajo y el de la coleta y los técnicos estaban rodando con otra pareja (confiaba en que no estuviera presente el salido, daban miedo los ojos saltones y la nariz rebanada, los pantalones mortales). En el cine todo lleva siglos y va con retraso, según tengo entendido, y nos habían dicho que esperásemos y nos fuéramos conociendo. Aquello era absurdo. 'No conozco a este hombre de nada y dentro de un rato estaré mamándosela', pensé, y no pude evitar pensarlo con estas palabras. 'Qué sentido tiene que nos conozcamos un poco, que hablemos.' Yo casi no me atrevía a mirarlo, lo hacía de reojo, un ataque de pudor de lo más inoportuno. Al presentármelo me habían dicho: 'Este es Loren, tu pareja'. Habría preferido que lo hubieran llamado 'partenaire', pero ya nadie conoce esta palabra. Tendría unos treinta años, llevaba pantalones y sombrero y botas vaqueras, los actores todos americanizados, aunque sean actores porno. Así empiezan muchos, a lo mejor un día triunfaba. No era nada feo pese a la pinta, un tipo atlético de los que van al gimnasio, con una nariz levemente ganchuda y unos ojos grises, tranquilos y fríos; los labios eran agradables, pero eso quizá no tendría que besárselo, la boca agradable. Él no parecía nada inhibido, tenía las piernas cruzadas como un vaquero y hojeaba un periódico, no me hacía mucho caso. Me había sonreído al ser presentados, tenía los dientes separados, eso lo hacía un poco aniñado de cara. Se había quitado el sombrero entonces, pero luego se lo había puesto, quizá fuera a conservarlo durante las escenas. Me ofreció pastillas de regaliz, no quise, él chupaba dos a la vez, quizá fuera mejor que no nos besáramos. Llevaba en la muñeca una cinta de cuero o de piel de elefante, ajustada, no lo llamaría una pulsera. Supongo que era moderno, yo me sentí antigua de pronto con mi falda estrecha, mis medias negras y mis tacones, no sé por qué diablos me había puesto los más altos que tengo, quizá no quisieran que me los quitase si se fijaban, a muchos hombres les gusta vernos así, desnudas y con tacones, un poco infantil toda esta imaginería, él cubierto y yo calzada. Me di cuenta de que me estaba bajando un poco la falda, que se me subía demasiado sentada, y eso ya me pareció un disparate. Ni siquiera mi partenaire hacía caso a mis muslos, y hacía bien, al cabo de un rato no habría falda ni nada.

—Oye perdona —le dije entonces—, tú has trabajado antes en esto, ¿verdad?

Apartó la vista del periódico pero no lo dejó a un lado, como si todavía no estuviera seguro de ir a iniciar una conversación en regla, o más bien lo estuviera de lo contrario.

—Sí —contestó—, pero no mucho, dos, no, tres veces, desde hace poco. Pero no te preocupes, se olvida uno de la cámara en seguida. Ya me han dicho que eres debutante. —Le agradecí que dijera 'debutante' en vez de 'primeriza', como Mir, alto y calvo—. Tú no te cortes por nada, lo peor es eso, tú sígueme a mí y disfruta lo que puedas, y de los otros ni caso.

—Ya, eso se dice fácil —respondí—. Espero que tengan paciencia si me pongo nerviosa. Estoy un poco nerviosa.

El actor Lorenzo sonrió con sus dientes espaciados. Leía la página de deportes. Parecía muy seguro de sí mismo, porque me dijo:

—Mira, no vas ni a enterarte de que están rodando. Yo me encargo. —Lo dijo con ingenuidad más que con soberbia, no me molestó por eso, aunque sí que no se le ocurriera pensar que no serían los testigos la causa principal de mi nerviosismo probable en escena.

—Bueno —contesté, sin atreverme a ponerlo en duda, quizá intimidada—. Pero habrá interrupciones, ¿no?, para las diferentes tomas y eso, ¿no? ¿Y qué pasa entonces? ¿Qué se hace en medio?

—Nada, te pones una bata si quieres y te tomas una cocacola. No te preocupes —repitió—. Hay cosas peores. Y si necesitas, seguro que tienen rayas.

—¿Ah sí, hay cosas peores? —dije yo ahora un poco irritada por su despreocupación excesiva—. Pues será que yo no las conozco todavía; anda, dime una. —Él dejó por fin el periódico a un lado, y yo me apresuré a añadir—: Oye, que quede claro que no lo digo por ti, ¿eh? No me refiero a ti, ya me entiendes, ¿no? Esto por el dinero, pero no me digas que no es un trago. Bueno, no sé tú, pero yo, pues no.

Loren hizo caso omiso de mis puntualizaciones para no herirlo y se quedó con mis anteriores frases. Me miró con su expresión sosegada pero con una leve exaltación ahora, como si lo hubiera provocado y fuera alguien sin capacidad para eso, para sentirse provocado, y no supiera encontrar el tono adecuado. Tenía los ojos grises también algo separados, los dos muy distantes de su nariz ganchuda, que parecía tirar de los labios hacia arriba, esa clase de fosas nasales que parecen siempre resfriadas.

—Te voy a decir una cosa peor —dijo—. Te la voy a decir. Lo que yo hacía antes era mucho peor. No es que pretenda montarme en esto para siempre, pero vale para ir tirando hasta que surja otra cosa, y no sabes la maravilla que es al lado de lo que hacía antes.

—¿Y qué hacías antes? ¿Te lanzaban cuchillos en el circo?

No sé por qué le dije eso. Supongo que sonó ofensivo, como si el actor Lorenzo tuviera que provenir necesariamente del campo más arrastrado del espectáculo. Al fin y al cabo yo estaba ahora en lo mismo que él, y simplemente había perdido mi empleo hacía ya dos años y tenía un ex marido desaparecido, missing, y la niña conmigo. A lo mejor él tenía también una niña. Y además, ya no hay espectáculos de ese tipo, es una cosa anticuada, ni siquiera hay casi circo.

—No, tía lista —dijo él, pero sin reproche y sin intentar devolvérmela, no sé si porque tenía aguante o porque no habría sabido. Me lo dijo como lo dicen los niños en el colegio—: No, tía lista. Era tutor.

—¿Tutor? ¿Cómo tutor? ¿Tutor de qué? —Era la última palabra que me habría esperado oír en sus labios y no pude disimular, quizá mi sorpresa también fue ofensiva. Lo miré muy de frente ahora, un tutor, parecía salido de un spaghetti western.

Él se tocó el ala del sombrero con desazón, como colocándoselo.

—Bueno, quiero decir que tenía a alguien bajo mi tutela, bajo mi protección. Como un guardaespaldas, pero distinto.

—Ah bueno, guardaespaldas, ya —dije con resabio y como rebajándolo de categoría—. ¿Y qué, eso era tan malo? ¿Te tuviste que interponer muchas veces entre tu jefe y las balas o qué? —No tenía motivo para estar borde con él, pero me salían las impertinencias, quizá me iba poniendo enferma la idea de tener que ir a mamársela sin preámbulos dentro de un rato, cada vez faltaba menos. Involuntariamente le miré el paquete, en seguida aparté la vista. Volví a pensar eso con ese verbo, la edad nos va haciendo groseros, o nos importa menos serlo, o es la pobreza: cuanto menos hay, menos escrúpulos. Al hacernos mayores también hay menos vida, no queda tanta.

—No, no era guardaespaldas de esos, no soy un gorila —dijo él sin resentirse de mis sarcasmos, con seriedad y sin doblez y con transparencia—. Tenía que vigilar a una persona que estaba mal, para evitar que se hiciese daño, es muy difícil evitar eso. Tienes que estar las veinticuatro horas encima, todo el rato alerta, y nunca puedes evitarlo del todo.

—¿Quién era? ¿Qué le pasaba?

Loren se quitó el sombrero y se puso a acariciar la copa con el antebrazo derecho, como hacen los vaqueros de las películas. Quizá fue un gesto de respeto. Empezaba a clarearle el pelo.

—Era la hija de un tío rico, multimillonario, no te imaginas, un empresario de esos que ni saben lo que tienen. Habrás oído el nombre, pero mejor me lo callo. La hija estaba zumbada, una histérica con tendencias suicidas, cada poco lo intentaba. Podía llevar una vida aparentemente normal durante semanas y luego, de pronto, sin previo aviso, se cortaba las venas en la bañera. Andaba de verdad grillada. No querían internarla porque eso es muy duro y además se acaba enterando todo Cristo, de los intentos de suicidio sólo unos pocos, los que estábamos cerca. Así que me contrataron para que se lo impidiera, sí, como un guardaespaldas pero no para protegerla de otros, como es lo corriente, sino de sí misma. Sus amigos me tomaban por uno convencional, pero no lo era. Lo mío era otra cosa, como un custodio.

Pensé que conocería esa palabra porque se habría tomado la molestia de buscar una para definirse. La habría conocido al buscarla.

—Ya —dije—. Y eso era peor. ¿Qué edad tenía? ¿Por qué no le ponían mejor un enfermero?

Loren se pasó el revés de la mano por la barbilla, a contrapelo, como si descubriera de pronto que no estaba bien afeitado. Iba a tener que besarme por todas partes. Pero parecía bien afeitado, estuve tentada de pasarle yo la mano, no me atreví, podría haberlo tomado por una caricia.

—Porque un enfermero canta más, por lo mismo, qué hace una tía joven todo el día con un enfermero detrás. Que tuviera guardaespaldas se entendía, el padre superforrado. Ella podía llevar su vida normal, ya te digo, iba a la Universidad, veinte años, iba a sus fiestas y a sus pijerías, y al psiquiatra, claro, pero no es que anduviera todo el día deprimida y eso, no. Estaba normal una temporada, y era simpática, eh. De repente le daba un ataque y el ataque era siempre suicida, y era imprevisible cuándo. Ni un objeto punzante en su habitación, ni tijeras ni cortaplumas ni nada, ni cinturones con los que poder ahorcarse, nada de pastillas a su alrededor, ni aspirina; hasta los zapatos de tacón, su madre cuidaba de que no fueran muy agudos desde que una vez se había rajado un pómulo con uno de ellos, le tuvieron que dar cirugía plástica, no se le notaba pero se había hecho un buen corte, a lo bestia. Los que tú llevas no se los habrían permitido, menuda arma. En eso la tenían como a los presos, ni un objeto peligroso. El padre estuvo a punto de quitarle también las gafas de sol cuando vio *El padrino III*, allí hay uno al que matan con unas gafas, con la parte más cortante de la patilla, la hostia, al tío lo habían registrado de arriba abajo y va y degüella al otro con eso. ¿Has visto *El padrino III*?

—Creo que no, vi la primera.

—Si quieres te la dejo en vídeo —dijo Loren amistosamente—. Es la mejor de las tres, a lo grande.

—No tengo vídeo. Sigue —contesté yo, temiendo que en cualquier momento se abriera la puerta y aparecieran la cara alta de Mir o la huesuda de Custardoy o el bigote bajo para hacernos pasar a rodar nuestras escenas. No podríamos hablar durante ellas, o no de la misma forma, nos exigirían concentración, a lo nuestro.

—Pues eso, había que estar todo el día encima y dormir con un ojo abierto, yo en la habitación de al lado, la mía y la suya comunicadas por una puerta de la que yo tenía la llave, sabes, como en los hoteles a veces, la casa era inmensa. Pero claro, hay infinitas maneras de hacerse daño, si alguien está de verdad dispuesto a matarse acabará consiguiéndolo siempre, lo mismo que un asesino, si alguien se quiere cargar a alguien acabará cargándoselo por mucha protección que tenga, aunque sea el Presidente del Gobierno, aunque sea el Rey, si alguien se empeña en matar y no le importan las consecuencias, acaba matando a quien quiere, no hay nada que hacer, lo tiene todo de su parte si no le importa lo que le pase luego. Mira a Kennedy, mira en la India, allí no queda un político vivo. Pues lo mismo con el que se asesina a sí mismo, me río yo de los suicidios fallidos. La princesa de pronto se tiraba de cabeza por las escaleras mecánicas de El Corte Inglés y la recogíamos con la frente abierta y las piernas en carne viva, y hubo suerte porque yo metí la mano. O se precipitaba contra una cristalera, contra un escaparate en plena calle, tú no sabes lo que es eso, toda llena de cortes y con cientos de cristalitos clavados, una locura, gritando de dolor, porque si no te matas la cosa duele. Tampoco se la podía encerrar, así no se habría curado. Me acostumbré a ver peligros por todas partes y eso es el horror, ver el mundo entero como una amenaza, nada es inocente y todo está en contra, en lo más inofensivo veía un enemigo, mi imaginación tenía que anticiparse a la suya, agarrarla de un brazo cada vez que íbamos a cruzar una calle, procurar que no se acercara a ninguna ventana alta, en las piscinas extremar el cuidado, apartarla de un obrero que pasara llevando una barra, era capaz de intentar ensartarse en ella, o así me acostumbré a pensar, que podía hacer cualquier cosa, uno desconfía de todo, de las personas, de los objetos, de las paredes. —'Así vivía yo cuando la niña era pequeña', pensé; 'aún ahora vivo así un poco, nunca tranquila del todo. Conozco eso. Sí, es horrible.' —Una vez intentó arrojarse a las patas de los caballos en plena recta final, en el hipódromo, tuve suerte de agarrarla del tobillo cuando ya estaba a punto de alcanzar la pista, se aprovechó de que yo estaba ocupado con las apuestas y se me escabulló, vaya minutos de pánico hasta que la pesqué, iba ya corriendo hacia los caballos. —El actor Lorenzo hizo una pausa sólo verbal, no mental, vi cómo seguía rumiando lo que contaba o iba a contar—. Aquello era mucho peor que esto, te lo aseguro, una tensión tremenda, una angustia continua, sobre todo desde que me la tiré, me la tiré dos veces: la puerta contigua, la llave en mi poder, las noches siempre medio despierto y sobresaltado, comprendes, era un poco inevitable. Además, mientras yo estaba así con ella no había peligro, no podía pasarle nada conmigo encima abrazado a ella, conmigo encima estaba a salvo, comprendes. —'El sexo el lugar más seguro', pensé, 'se controla al otro, se lo tiene inmovilizado y a salvo.' Hacía tiempo que no estaba en ese lugar seguro—. Pero claro, te tiras a una tía un par de veces y le coges afecto. Vamos, no mucho, yo tengo mi novia, no por fuerza, pero ya es otra cosa, la has tocado, la has besado y ya no la ves igual, y ella se pone cariñosa contigo. —Me pregunté si me pondría cariñosa con él tras la sesión que nos esperaba. O si él me cogería afecto por eso. No le interrumpí—. Así que además de la tensión del trabajo, tenía también preocupación, bueno, pánico, no quería que le pasara nada, por nada del mundo quería que le pasara nada. Total, una ganga, y al lado de aquello esto es jauja.

'Ganga' y 'jauja', cada vez se oyen menos esas palabras, parecen de chiste.

—Ya —dije—. Y qué pasó, te hartaste —pregunté sin esperanza de que fuera a contestarme afirmativamente. En realidad ya me había contado lo que había pasado, por su manera de rumiar y de contarme el resto.

Loren se puso el sombrero de nuevo y aspiró con fuerza por sus fosas nasales que parecían humedecidas, como si cobrara energía para un esfuerzo. El ala del sombrero le tapó la mirada gris y fría, su cara era ahora nariz y labios, los labios agradables que no besaría, no hay besos en la boca en las películas porno.

—No, me quedé sin empleo. Fallé, la princesa se cortó el cuello en la cocina de su casa hace tres semanas, en mitad de la noche, y yo ni siquiera la oí salir de la habitación, qué te parece. Me quedé sin nadie de quien cuidar. Un desastre, qué desastre. —Por un instante me asaltó la duda de si el actor Lorenzo no estaba actuando, para distraerme y quitarme los nervios. Pensé un momento en la niña, la había dejado con una vecina. Él se puso en pie, dio unos pasos por la habitación al tiempo que se alzaba los pantalones vaqueros. Se paró ante la puerta cerrada que tendríamos que cruzar ya pronto. Creí que iba a darle un golpe pero no se lo dio. Sólo dijo malhumorado—: Bueno, a ver si empezamos de una puta vez, yo no tengo todo el día.

Sangre de lanza

Para Luis Antonio de Villena

Me despedí para siempre de mi mejor amigo sin saber que lo estaba haciendo, porque a la noche siguiente, con demasiado retraso, lo descubrieron tirado en la cama con una lanza en el pecho y una mujer desconocida al lado, también muerta pero sin el arma homicida en el cuerpo porque el arma era la misma y se la habían tenido que arrancar tras clavársela, para mezclar su sangre con la de mi mejor amigo. Las luces estaban encendidas y la televisión, y así sin duda habían permanecido durante todo aquel día, el primero de mi amigo sin vida o del mundo sin su mundana presencia desde hacía treinta y nueve años, bombillas incongruentes con el sol severo de la mañana y quizá no tanto con el cielo tormentoso de la tarde, pero a Dorta le habría molestado el dispendio. No sé bien quién paga los gastos de los muertos.

Tenía la frente abombada por un golpe previo, no era un chichón o si lo era ocupaba la superficie entera, la piel tirante sobre el cráneo elefantiásico, como si se hubiera frankensteinizado en la muerte, el arranque del pelo con una pequeña calva que nunca había tenido. Ese golpe debería haberlo dejado fuera de combate, pero al parecer no le había hecho perder del todo el conocimiento, porque tenía los ojos abiertos y las gafas puestas, aunque podía habérselas colocado después el lancero, como escarnio, uno no necesita gafas cuando es seguro que ya no va a ver más nada: toma, cuatro ojos, para que veas bien claro el camino del infierno. Llevaba el albornoz que utilizaba siempre a modo de bata, compraba uno nuevo cada pocos meses y este último fue amarillo, quizá debería haber evitado el color, como los toreros. Tenía sus zapatillas calzadas, zapatillas duras y rígidas como de americano, una especie de mocasín bien escotado por el empeine, sin ribetes y con el tacón muy plano, uno se siente más seguro si oye sus propios pasos. Las dos piernas desnudas asomaban por entre los faldones, vi que aunque era hombre velludo tenía las canillas calvas, hay quien pierde el pelo de esa zona por el roce eterno de los pantalones, o de los calcetines si son altos, medias de sport las llaman y él las usaba siempre, nunca se le vio franja de carne con las piernas cruzadas en público. Las sangres habían manado lo suficiente durante horas —con las luces encendidas y atareados testigos en la pantalla— para empapar el albornoz y las sábanas y arruinar el suelo de madera. La cama, sin colcha por el calor, no había sido abierta, el embozo intacto. Se lo veía pálido en las fotos, como a todos los cadáveres, con una expresión en él desusada, pues era hombre festivo y risueño y bromista y la cara se aparecía seria, más que aterrorizada o estupefacta con un gesto de amargura, o tal vez —más sorprendente— de mero desagrado o fastidio, como si se hubiera visto obligado a algo no demasiado grave pero contrario a sus inclinaciones. Como morir parece grave al que muere si sabe que muere, no podía descartarse que le hubieran clavado la lanza estando él tan aturdido por el golpe previo que no hubiera tenido mucha conciencia de lo que ocurría, y eso podría explicar que tampoco hubiera reaccionado mientras hundían y sacaban con anterioridad el arma del pecho de la desconocida. La lanza era suya, traída unos años antes como recuerdo de un viaje a Kenia que le pareció detestable y del que vino lamentándose, como de costumbre cuando se ausentaba. Yo la vi más de una vez, metida descuidadamente en el paragüero, Dorta pensaba siempre que habría de colgarla algún día, uno de esos adornos fantaseados al verlos en manos ajenas y que ya no nos gustan tanto cuando por fin llegan a casa. Dorta no los coleccionaba pero de vez en cuando cedía al impulso de un capricho, sobre todo en países a los que sabía que no volvería. Quienes lo querían mal vieron algo de sarcasmo en la forma de su muerte, a él le gustaban mucho los bastones metálicos y puntiagudos, de esos tenía unos cuantos. Poca originalidad, una pedantería.

La mujer estaba casi desnuda, con unas braguitas tan sólo, en la casa no había rastro de las demás prendas con las que tendría que haber llegado, como si el lancero las hubiera recogido escrupulosamente tras sus asesinatos y se las hubiera llevado, nadie va así por la calle o en taxi por mucho calor que haga, quiero decir desnuda hasta tal extremo. Quizá era también un escarnio: ahí te quedas en pelotas, puta, así te irán follando en el camino hacia el infierno. Un engorro innecesario para un asesino en todo caso, todo lo que queda acusa, lo que queda en nuestras manos. La mujer tenía unos treinta años, tanto por el aspecto como por el informe del forense según dijeron, y podía ser una inmigrante por lo primero, cubana o dominicana o guatemalteca por ejemplo, la tez bronceada y los labios cuarteados y gruesos y los pómulos atrevidos, pero también hay muchas españolas que son así, en el sur y en el centro y hasta en el norte, no digamos en las islas, la gente se distingue menos de lo que quisiera. Ella sí tenía los ojos cerrados y una expresión de dolor en el rostro, como si no hubiera muerto en el acto y le hubiera dado tiempo a hacer el gesto involuntario, el dolor espantoso del hierro en la carne entrando y ya entrado, los dientes apretados instintivamente y la visión cegada, su desnudez sentida de pronto como una indefensión suplementaria, no es lo mismo que un arma blanca traspase primero una tela por fina que sea a que alcance la piel directamente, aunque el resultado no se diferencie en nada. O así lo creo, nunca he sido herido de este modo, toco madera, cruzo los dedos. En la mujer podía verse el boquete a la altura del nacimiento del pecho izquierdo, el uno y el otro me parecieron blandos en la medida en que se discernían y en que yo los miré por vez primera en las fotos, y fueron escasas ambas medidas. Pero uno se acostumbra a imaginar la textura y el volumen y el tacto de las mujeres al primer golpe de vista, más aún en estos engañosos tiempos, de haber sido rica se los habría siliconado, a su edad sobre todo, un tipo de blandura consustancial, que no depende de los años. Estaban manchados, la sangre seca. Tenía el pelo largo y alborotado y rizoso, parte de la melena le tapaba la mejilla derecha de forma poco natural, como si le hubiera dado tiempo a intentar cubrirse la cara con el cabello empujándolo con la mano, un último ademán de pudor o vergüenza para su posteridad anónima. En cierto sentido sentí más pena por ella, tuve la sensación de que su muerte era secundaria, que la cosa no iba en realidad con ella o que era sólo parte de un decorado. En la boca tenía restos de semen y el semen era de Dorta, según dijeron. También dijeron que ella tenía algunas caries, una dentadura de pobre, o víctima de los caramelos. Dijeron también que en ambos organismos había sustancias, esa fue la palabra, pero no mencionaron cuáles. No tengo mucho problema para imaginármelas.

Los dos estaban sentados, o mejor dicho no estaban del todo tumbados, más bien recostados, aunque en el caso de mi amigo no me ahorraron un detalle desagradable: la lanza herrumbrosa había penetrado con tanta fuerza que la punta nunca afilada ni bruñida ni tan siquiera limpiada desde que llegó de Kenia —pero tan aguda— había alcanzado la pared tras atravesar su tórax, dejándolo prendido a la cal como un insecto. Si a Dorta se le hubiera contado esto de otro, se habría estremecido pensando en el yeso dejado en el interior del cuerpo por la retirada de la lanza, alguien tuvo que sacarla, seguramente con más esfuerzo que quien la clavó en los dos pechos, el femenino y el masculino. El arma no había sido arrojada desde ninguna distancia, sino que se había embestido con ella más bien de abajo arriba, quizá a la carrera, quizá no, pero en el segundo caso la persona que la hubiera empuñado tenía que ser muy fuerte o alguien acostumbrado a clavar bayonetas. La alcoba era amplia, permitía coger carrerilla, toda la casa de Dorta era amplia, piso antiguo remozado, heredado de sus padres, él descuidaba todo menos dos espacios, el salón y el dormitorio, era grande para él. Acababa de cumplir los treinta y nueve años, se lamentaba de los cuarenta a la vuelta de la esquina, vivía solo pero invitaba a menudo a gente, de uno en uno.

—Lo peor de estas edades es que a uno le parecen ajenas —me había dicho la noche de su muerte, durante la cena. Su cumpleaños había sido una semana antes, pero yo no había podido felicitarlo al estar él aquel día ausente en Londres. No había podido hacerle las tradicionales bromas por tanto, yo tenía tres meses menos y me permitía llamarlo 'viejo' durante ese periodo. Ahora tengo dos años más de los que él tuvo nunca, doblé mi esquina—. Hace unos días leí en el periódico una noticia que hablaba de un hombre de treinta y siete años, y en efecto la asociación de esa edad y la palabra 'hombre' me pareció adecuada, para ese individuo al menos. Para mí, en cambio, no lo sería. Yo todavía espero inconscientemente que se refieran a mí como a 'un joven' y desde luego cuento con que me tuteen, y figúrate, soy ya dos años mayor que ese hombre de la noticia. Los años deberían cumplirlos siempre los otros, hacernos ese favor. Es más: al igual que antiguamente los ricos pagaban a un individuo pobre para que hiciera el servicio militar o fuera a la guerra por ellos, debería ser posible comprar a alguien que cumpliera por nosotros los años. De vez en cuando nos quedaríamos con alguno, este año es mío, ya estoy harto de tener treinta y nueve. ¿No te parece una excelente idea?

A ninguno pudo ocurrírsenos que treinta y nueve sería en su caso el número fijo, del que podría hartarse hasta el fin de los tiempos sin posibilidad de cambiarlo y sin remedio.

Así eran las ideas de Dorta cuando estaba animado y de buen humor, ideas poco excelentes y disparatadas, a veces ñoñas y pueriles invariablemente, y esto último tenía justificación al menos conmigo porque nos conocíamos desde niños y es difícil no seguir mostrándose un poco como se fue al principio con cada persona que conocemos: si uno fue caprichoso, deberá serlo indefinidamente de vez en cuando; si uno fue cruel, si fue frívolo, si fue enigmático, esquivo o débil o amado, ante cada uno tenemos nuestro repertorio, en el que se admiten variaciones pero no renuncias, si alguien rió una vez deberá reír siempre o será rechazado. Y por eso a Dorta lo llamé siempre Dorta y así lo recuerdo, en el colegio uno se conoce por el apellido hasta la adolescencia. Y del mismo modo que si continúa el trato uno ve en el adulto el rostro del niño con quien se compartió pupitre superpuesto siempre, como si los posteriores cambios o la acentuación de unos rasgos fueran máscara y juego para disimular la esencia, así los logros o reveses de las edades del otro se aparecen como irreales o más bien ficticios, como proyectos o fantasías o figuraciones o miedos de los que la niñez está poblada, como si entre esos amigos cuanto acontece siguiera pareciendo y se siguiera viviendo como una espera —el estado principal de la infancia, no es ni siquiera el deseo—, lo presente y también lo pasado y hasta lo remoto. Poco o nada entre esa clase de amigos puede tomarse demasiado en serio porque se está acostumbrado a que todo sea fingimiento, introducido explícitamente por aquellas fórmulas que después se abandonan para ir por el mundo, 'Vamos a jugar a esto', 'Vamos a hacer como que', 'Ahora soy yo quien mando' (se abandonan sólo verbalmente, en realidad todo sigue). Por eso puedo hablar de su muerte con desapasionamiento, como si fuera algo aún no acaecido sino instalado en la espera eterna de lo que no es verosímil y no es posible. 'Supón que me matasen con una lanza.' En Madrid, una lanza. Pero a veces sí me viene el apasionamiento —o es ira— justamente por lo mismo, porque puedo imaginar la angustia y el pánico aquella noche de quien sigo viendo como un niño asustadizo y resignado al que hube de defender a menudo en el patio, y que luego se disculpaba y me regalaba algún libro o tebeo por haberme forzado a entrar en combate con los matones cuando no me tocaba —aunque nunca pidió mi auxilio, se dejaba pegar o empujar, eso era todo; pero yo lo veía—, a gastar mis energías en alguien que no podía nunca vencer en lo físico y cuyas gafas rodaban por tierra casi todos los días de tantos cursos. No es perdonable que hubiera de morir con violencia, aunque no se enterara de su propia muerte. Pero esto es retórico, quién no se entera. Yo no estuve allí para verlo y entrar en combate, aunque por poco.

Su estancia en Londres había coincidido con una subasta literaria e histórica de la casa Sotheby's a la que lo animaron a asistir unos amigos diplomáticos. En ella se vendían toda clase de papeles y también objetos que habían pertenecido a escritores y políticos. Cartas, postales, billets-doux, telegramas, manuscritos completos, borradores, archivos, fotos, un mechón de Byron, la larga pipa que fumó Peter Cushing en *El perro de Baskerville*, colillas de Churchill no muy apuradas, pitilleras inscritas, historiados bastones, amuletos experimentados. No había sido un bastón llamativo lo que hizo aflorar su impulso de comprador inconstante durante las pujas, sino un anillo que había pertenecido a Crowley, Aleister Crowley, me explicó benévolo, escritor mediocre y deliberadamente demente que se hacía llamar 'La Gran Bestia' y 'El hombre más perverso de su tiempo', todos sus objetos particulares con el 666 grabado, el número de la Bestia según el Apocalipsis, hoy juguetean con esa cifra los grupos de rock con ínfulas demoniacas, también parece que se encuentra oculto en muchos ordenadores, siempre el número de los bromistas, los vivos no saben lo antiguo que es todo, comentó Dorta, lo difícil que resulta ser nuevo, qué saben los jóvenes de Crowley el orgiástico y el satanista, seguramente un bendito conservador ingenuo para nuestros tiempos, un hombre

en el fondo piadoso que convirtió a su discípulo Victor Neuburg en zebra por fallar repetidamente durante una invoca-
ción del Diablo en el Sáhara, me contó Dorta, y cabalgó sobre
él hasta Alejandría, donde lo vendió a un zoológico que se
ocupó del discípulo torpe o bien zebra durante dos años, hasta que Crowley le permitió finalmente recobrar la figura humana, en el fondo un hombre compasivo. Neuburg fue editor más tarde.

—Un anillo mágico, así lo presentaba el catálogo, con una
esmeralda oval preciosa engastada en el aro de platino con la
inscripción 'Iaspar Balthazar Melcior', había la duda de si me
iría al dedo pero aun así pujé como un loco, por encima de mis
posibilidades. —Todo esto Dorta lo había contado mientras
le duró el ánimo, cuando estaba contento peroraba incansa-
blemente, luego solía apagarse y entonces me preguntaba por
mí y por mi vida, dejaba que fuera yo quien hablara, dos mo-
nólogos seguidos más que un verdadero diálogo—. Los com-
pradores fueron cayendo menos un tipo con cara germáni-
ca, una de esas narices de cuya punta parece estar a punto de
caer siempre una gota, daban ganas de alcanzarle un pañuelo
y mandarlo a una esquina, una nariz de tapir, un tipo de facciones irritantes, iba bien trajeado pero con botas vaqueras de
piel de cocodrilo, imagínate el efecto, era imposible no fijarse en ellas y no enfurecerse. Yo subía y él subía el precio, invariablemente y sin mover un músculo, se limitaba a alzar la
nariz como si fuera un juguete mecánico, yo miraba hacia él
de reojo cada vez que aumentaba mi puja y allí veía la nariz
falsamente húmeda irguiéndose como la banderita de los se-
máforos prehistóricos, ¿o eran los taxis los que la llevaban?,
en fin, impidiéndome cada vez el paso y obligándome a hacer
rápidas conversiones mentales de esterlinas en pesetas para
darme cuenta de que estaba ya ofreciendo un dinero del que
no disponía.

—¿No? Tan caro no pudo ponerse ese anillo mágico, Dorta —le dije con guasa. No tenía demasiado dinero, pero apa-

rentaba tenerlo, sus gestos eran de derrochador y no solía privarse de sus antojos, delante de testigos al menos, la mezquindad una lacra. Claro que sus antojos no eran excesivos, o no exigían fuertes desembolsos, como se decía antiguamente, o eso creía yo, no conozco todos los precios. En todo caso no le faltaba para pagar sus placeres vitales.

—Bueno, sí, habría podido seguir algo más, pero eso me habría supuesto luego pequeños sacrificios, que son los que más detesto, son los pequeños los que lo hacen sentirse a uno miserable. Y en verano cuesta más renunciar a nada. De manera que aquel sujeto levantaba la nariz una y otra vez como si fuera un paso a nivel estropeado, hasta que uno de mis acompañantes me sujetó por el codo y me impidió alzar la mano. 'No te lo puedes permitir, Eugenio, te vas a arrepentir', me dijo en voz baja, y la verdad es que no sé por qué me lo dijo en voz baja, allí el español no lo entendía nadie. Pero era cierto y no me zafé de su mano y me sentí miserable, me entró una enorme depresión al instante, aún me dura, y aún tuve que ver cómo la nariz goteante se levantaba todavía más mirándome con desafío, como diciéndome: 'Te vencí, ¿qué te creías?'. Inmediatamente se fue haciendo ruido con sus botas vaqueras de cocodrilo, no se quedó al resto de la subasta, o quizá volvió luego para otros lotes, no lo sé, porque el que se marchó fui yo al cabo de un par de pujas más. Fue una humillación como pocas, Víctor, y además en el extranjero.

Me llamó 'Víctor' y no 'Francés', por el apellido como solía. Sólo me llamaba 'Víctor' cuando no estaba bien o se sentía desamparado. Yo nunca lo llamé 'Eugenio', en ningún caso. Dorta tenía no sólo mucho de Dorta el niño, sino también de su madre y sus tías, a las que yo había visto tantas veces a la salida del colegio o en sus diferentes casas, invitado por el hijo o sobrino. De vez en cuando salía de su boca alguna frase que pertenecía sin duda a esas señoras anticuadas y cándidas que habían dominado su mundo en gran medida. Se le escapaban, no las rehuía sino que probablemente se complacía en perpetuarlas así, verbalmente, con sus expresiones perdidas: 'Y además en el extranjero'.

—¿Para qué diablos querías el anillo? —le pregunté— No te dará por creer ahora en magias, espero. ¿O es que quieres convertir en jirafa a alguien?

—No, descuida. Se me antojó, me hizo gracia, era llamativo y tenía historia, exhibirlo aquí habría invitado a mucha gente a preguntarme, cualquier cosa es útil para el acercamiento en los bares. Si creo en las magias es en los otros, no en mí, desde luego; no me he visto tocado por ninguna en toda la vida, como bien sabes. —Y añadió sonriendo—: De hecho, al perder el anillo, me arrepentí de no haber pujado por el lote anterior en tu nombre, no salió tan caro. 'El talismán mágico de Crowley para la potencia sexual y el poder sobre las mujeres', así decía el catálogo, qué te parece, un bonito medallón de plata con su 666 preceptivo. Se lo llevó también el germánico o lo que fuera, sólo que ahí no tuvo mi competencia, quizá por eso salió menos caro. Me resta el consuelo de haberlo obligado a gastar de más con el anillo. Qué te parece, 'poder sobre las mujeres'. Llevaba las iniciales 'AC' además del número grabado. Te habría ayudado.

Me reí de su malicia siempre benigna conmigo, no necesariamente con otros, su lengua era su única arma.

—Dentro de un par de años sin lugar a dudas, ya lo preveo. Pero aún no tengo demasiadas quejas en esos dos aspectos.

—¿Ah, no? Cuenta, cuéntame.

Tal vez fue entonces cuando yo pasé a hablar en aquella última cena y él escuchó con interés pero también con algo de abatimiento; que callara demasiado rato solía significar que estaba preocupado por algún asunto o momentáneamente descontento consigo mismo o con su vida, a todos nos pasa de vez en cuando pero nos dura poco si los motivos son leves, como la inquietud por el futuro impreciso o los arrepentimientos cotidianos, para los que no hay mucho tiempo, el verdadero arrepentimiento necesita perduración y tiempo. Cuando muere un amigo quisiéramos recordarlo todo de la última vez que lo vimos, la cena vivida como una más que de pronto adquiere un inmerecido rango y se empeña en brillar con un fulgor que no fue suyo; intentamos ver significado en lo que no lo tuvo, intentamos ver señas e indicios y acaso magias. Si el amigo ha muerto de muerte violenta lo que intentamos ver son quizá pistas, sin darnos cuenta de que también pudo no ocurrir nada esa noche, y entonces todas serían falsas. Recuerdo que se pasó la sobremesa fumando con gusto unos cigarrillos indonesios que había traído de Londres con aroma y sabor a clavo. Me regaló un paquete que aún tengo, Gudang Garam la marca, un paquete rojo y estrecho, '12 kretek cigarettes', no sé lo que significa 'kretek', será palabra indonesia. La advertencia no se andaba por las ramas: 'Smoking kills', dice sin más, 'Fumar mata'. No desde luego a Dorta, lo mató una lanza africana. Cuando yo paré de contar mis anodinas historias él volvió a adueñarse de la charla con nuevos bríos tras regresar del cuarto de baño, pero ya sin jovialidad ninguna. Acarició con el índice el dibujito en relieve que había en la cajetilla, parecía un tramo de rieles formando curva, un paisaje ferroviario, a la izquierda unas casas con tejados triangulares, infantiles, quizá una estación, todo en negro, dorado y rojo.

—Este verano no voy a pasarlo bien, me parece —dijo. Estábamos a finales de julio, más tarde pensé que era raro que el verano entero le pareciera aún futuro aquella noche—. Me va a resultar difícil, estoy un poco desquiciado, y lo peor es que lo que siempre me divirtió me aburre. Hasta escribir me aburre. —Hizo una pausa y añadió sonriendo débilmente, como si hubiera cometido una falta impropia—. El último libro ha sido un buen fracaso, más de lo que te imaginas. Estoy acabando a toda prisa una cosa nueva, a los fracasos no hay que darles tiempo, es lo peor que puede hacerse porque en seguida lo impregnan y lo contaminan todo, cualquier aspecto de la existencia, hasta el más remoto, el más alejado de la esfera en que se produjo el desastre, como una mancha de sangre.

Aunque uno se arriesgue a empalmar dos seguidos y acabe aún más manchado. Hay gente que así se hunde. Esta noche me toca un editor con el que ya he contratado esto sin terminarlo, he quedado a tomar la primera copa con él, está de paso en Madrid y ahora exige que lo distraiga. Un tipo sin escrúpulos y algo tardo de palabra, un lastre. Pero él no está escarmentado conmigo y le ha gustado arrebatarme a los otros. Es un decir, arrebatarme, tal como están las cosas. Pronto no va a quedarme ni el nombre que suena. Eso que se dice, 'un nombre que suena', una firma.

Sus noches empezaban realmente después de la cena. Tras el editor vendría lo más festivo, terrazas y discotecas y grupos noctámbulos hasta el amanecer o casi, no era extraño que esperara ser visto aún como un joven. Lo cierto es que parecía mayor, supongo, a mí me costaba distinguir eso, pero la gente que nos conocía a ambos se sorprendía al enterarse de que habíamos sido compañeros de clase, y no es que a mí no se me noten mis años. Lo vi preocupado, pesimista, inseguro, quizá dominado por el descubrimiento reciente de que lo que tarda en llegar además no dura, un éxito relativo en su caso, que debería haber ido a más y había ido a menos demasiado pronto, acostumbrándolo a lo bueno sólo lo justo. Prefiero no decir nada de sus novelas, al cabo de dos años ya no las lee nadie, ya no está el autor en el mundo para defenderlas y seguir emitiendo, aunque su muerte violenta hizo que esa obra póstuma e inconclusa se vendiera estupendamente al principio, tuvo sus titulares extraliterarios durante unas semanas, el editor sin escrúpulos se apresuró a sacarla. Yo ya no quise leerla.

Al poco ya no hubo más titulares ni letra pequeña ni nada, Dorta fue olvidado inmediatamente, sus libros curiosos sin verdadera valía y su asesinato sin resolución y por tanto abandonado, lo que no avanza ni sigue emitiendo está condenado a una disolución muy rápida. La policía archivó o no el caso, no sé cómo funciona su burocracia, desde el primer momento no me pareció que tuvieran mucho interés en averiguar nada —gente perezosa, el castigo final les pilla lejos— una vez que supieron que lo más misterioso y raro tenía una explicación sencilla, aquella lanza turística. Pero eso no era lo más misterioso ni lo más raro, sino la mujer desconocida a su lado conteniendo su semen en las encías, porque Dorta era un homosexual —cómo decirlo—, un homosexual sin fisuras, y supongo que retrospectivamente lo había sido desde el primer día en el patio y en clase, aunque ni él ni yo supiéramos por entonces ni durante muchos venideros años la existencia de esa palabra ni de lo que denomina. Tal vez lo sabían o intuían mejor los matones del colegio, y por eso lo maltrataban. Me atrevería a decir que no había conocido mujer en su vida, fuera de algún besuqueo voluntarioso en la adolescencia, cuando salirse de la uniformidad es muy grave si uno no quiere permanecer aislado y todos hacen esfuerzos por llamar la atención y a la vez asimilarse. Sus noches eran a menudo de búsqueda, pero el acercamiento en los bares para el que todo resultaba útil no tenía como destino a mujeres precisamente. Tampoco era lo bastante rijoso para hacer excepciones o contentarse si alguna se le ponía a tiro o se le ofrecía, y era improbable que sucediera eso, ellas notan el deseo del otro aunque sea remolón y tibio y ninguna pudo sentir nunca el suyo. Lo más disparatado de su muerte era eso, más incluso que la violencia, de la que había sido víctima leve en dos o tres ocasiones, irse a la cama con desconocidos siempre más fuertes y jóvenes y más pobres supongo que entraña sus riesgos. Nunca me dijo si pagaba o no y yo no le preguntaba, quizá hubo de hacerlo según se convirtió en 'un hombre', para su extrañeza; sé que hacía regalos y colmaba caprichos conforme a sus posibilidades y su entusiasmo, una forma de compra menos cruda que la de los billetes, en el fondo anticuada, respetable, atenta y que le permitiría engañarse a ratos. Si lo hubieran encontrado junto a cualquier muchacho la cosa no me habría parecido extraña, en la medida en que no será extraña la muerte de alguien que siempre asistió a nuestra vida, muy escasa esa medida. Ni siquiera la edad de la dominicana o cubana se ajustaba a las preferencias, hasta un chico de esos años habría tenido poco interés para Dorta, demasiado viejo. Dudé un instante si decírselo al inspector que me interrogó y me mostró aquellas fotos póstumas. Dorta había sido prudente mientras vivía su madre, aún lo era un poco porque vivían las tías, aunque no se enteraban de nada; en sus libros no había nada muy confeso, sólo insinuaciones. Dudé si decírselo a aquel inspector, yo creo, por un absurdo orgullo masculino: tal vez no estaba mal que creyera que mi mejor amigo había pasado su última noche con una mujer por su gusto y costumbre, como si eso fuera algo más digno y más meritorio. Me avergoncé de la tentación en seguida y aún es más, pensé que la mujer podía ser otro elemento de escarnio, como las gafas puestas: en la boca de una tía hasta el fin de los tiempos, maricón de mierda. Y le comuniqué al inspector lo increíble de la circunstancia, aquella escenificación tan inexplicable, Dorta junto a una mujer en la cama, restos de su semen en los intersticios de la dentadura picada o en las estrías y arrugas de los labios grandes. Pero el inspector me miró con reproche y sorna, como si de pronto me juzgara mal amigo o majara por querer ensuciar la memoria de Dorta con evidentes patrañas cuando él ya no estaba allí para defenderse ni desmentirme, aquel inspector Gómez Alday participaba de mi mismo orgullo masculino, sólo que en él no estaba recóndito.

—Se lo aseguro —insistí al ver su mirada—, mi amigo no estuvo con una mujer en su vida.

—Pues entonces se le ocurrió estar con una en su muerte, por poco no fue demasiado tarde para probar —contestó malhumorado y despreciativo. Encendía cada cigarrillo con la colilla del anterior, bajo en alquitrán y en nicotina—. ¿Qué me está usted contando, vamos a ver? Me encuentro con un tío al que habrá ensartado un marido o un chulo por haberse llevado a la mujer o a la puta a mamársela a domicilio. Y me viene usted con que era jula. Vamos hombre —dijo.

—¿Es así como se lo explica? ¿Un marido o un chulo? Y a santo de qué, un chulo.

—No lo sabe, eh, sabe poco. A veces se les cruzan los cables como a cualquiera. Las mandan a trotar y luego se vuelven locos pensando en lo que estarán haciendo con el cliente. Y entonces matan a lo bestia, los hay muy sentimentales, a mí qué me cuenta. El asunto parece claro, no me venga con historias, ni siquiera ha habido robo, sólo la ropa de ella, sería un chulo fetichista. Lo único, que no sabemos quién era la tía mamona, ni vamos a saberlo seguramente. Sin papeles, sin ropa, con aspecto de sudaca, de ella no debe de haber constancia en ninguna parte, el único que tendrá constancia será el que le metió el lanzazo.

—Le digo que es imposible que mi amigo levantara a una tía. —Los policías intimidan siempre, acabamos hablando como nos hablan para congraciarnos, y ellos hablan como el hampa.

—¿Qué quiere, darme trabajo? ¿Que me meta en los tugurios de julas a bailar agarrado y a que me toquen el culo cuando lo que hay por medio es una puta? Venga ya, no voy a perder el tiempo y el humor con eso. Si a su amigo le iban los tíos, explíqueme usted lo ocurrido. Y aunque le fueran: la noche que a mí me importa le dio por irse de putas, ya ve usted, de eso hay poca duda, también es casualidad, qué inoportuno. Lo que hiciera todas las demás noches de su vida me trae sin cuidado, como si se follaba a su abuelo. —Ahora fui yo quien lo miró a él con reproche y sin ninguna sorna. Él se las veía con estas cosas a diario, pero yo no, y estaba hablando de mi mejor amigo. Era un hombre algo grueso, alto, con una calva romana y unos ojos soñolientos que de vez en cuando se despertaban como en medio de un mal sueño, repentinos fogonazos antes de volver a su sesteo aparente. Se dio cuenta y añadió en tono más conciliador y paciente—: A ver, explíqueme lo que pasó según usted, cuente su cuento, haga el favor.

—No lo sé —dije vencido—. Pero parece una composición, ya le digo. Tendría usted que averiguarlo, es su trabajo.

El inspector Gómez Alday interrogó asimismo al editor sin escrúpulos con quien Dorta había tomado una copa en Chicote, había aparecido con su mujer, los tres se fueron de allí hacia las dos y se despidieron. Los camareros, que conocían a Dorta de vista y nombre, confirmaron la hora. Allí se habían encontrado con otro amigo mío y sólo conocido de Dorta, se hace llamar Ruibérriz de Torres, pero éste se había parado a hablar con ellos nada más cinco minutos, hasta que llegaron dos mujeres con las que había quedado. También los vio salir hacia las dos por la puerta giratoria, les dijo adiós con la mano, me contó que el editor era un pasmado y su mujer muy simpática, Dorta no había dicho apenas palabra, cosa rara. El matrimonio cogió un taxi en Gran Vía y se retiró a su hotel, no sin antes asustarse de que Dorta, según les anunció, se fuera a ir andando, les comentó que iba a un sitio cercano y lo vieron encaminarse hacia arriba, hacia la Telefónica o Callao, por tramos con una fauna que a ellos, barceloneses, les pareció de espanto y como para no dar dos pasos. No corría una gota de aire.

En el hotel, pura rutina, confirmaron la hora de llegada del editor y señora, hacia las dos y cuarto: algo ridículo, a él la falta de escrúpulos no le llegaría a tanto. A Dorta lo mataron entre las cinco y las seis, como a su inverosímil y postrero ligue. Yo pregunté por mi cuenta a los escasos amigos de Dorta que conocía un poco, amigos de farras y de tugurios julaicos, ninguno había coincidido esa noche con él en los sitios habituales, 'le tour en rose', como él lo llamaba. Ellos preguntaron a su vez a los camareros de esos locales, nadie lo había visto, y era raro que no hubiera pasado por uno u otro a lo largo de la noche. Quizá sí había sido una noche especial en todo. Quizá se había enrollado por la calle impensadamente con gente insólita de otros ámbitos. Quizá lo habían secuestrado y lo habían obligado a ir con los secuestradores a casa. Pero no se habían llevado nada, sólo alguien la ropa de la mujer, que tal vez era de la banda. El lancero. No sabía qué pensar y por lo tanto pensaba absurdos. Quizá tenía razón Gómez Alday, tal vez le había dado por coger a una puta primeriza y desesperada, una inmigrante en busca de cualquier dinero, con un marido que no se lo consentiría y que habría sospechado. Cuestión de mala suerte, demasiada.

El inspector me enseñó aquellas fotos que miré por encima. Aparte de las que reproducían el decorado entero, había un par de cada cadáver tomadas más de cerca, lo que se llama plano americano en cine. Los pechos de la mujer eran blandos definitivamente, bien formados y sugerentes pero blandos, la vista y el tacto se nos acaban confundiendo, los hombres a veces vemos como tocamos, a veces ofendemos con eso. Pese a los ojos apretados y el gesto de dolor se la veía guapa, aunque eso no se sabe seguro nunca con una mujer desnuda, hay que verla también vestida, de poco sirven las playas para saber sobre esto. Tenía las aletas de la nariz dilatadas, el mentón corto y redondeado, el cuello largo. Mis vistazos fueron rápidos a las seis o siete fotos y sin embargo me atreví a pedir una copia de la de la mujer de cerca, a Gómez Alday, quien me miró ahora con desconfianza y sorpresa, como si me hubiera descubierto una anomalía.

—¿Para qué la quiere?

—No lo sé —respondí yo perdido. Realmente no lo sabía, tampoco es que quisiera mirarla más en aquellos momentos, un cuerpo ensangrentado, un boquete, las pestañas densas, la expresión doliente, los pechos blandos y muertos, no era grato. Pero pensé que me gustaría tenerla para quizá mirarla más adelante, quizá al cabo de los años, después de todo era la última persona que había visto vivo a Dorta, exceptuando al asesino. Y lo había visto bien de cerca—. Me interesa. —Era pobre como argumento, incluso grotesco.

Gómez Alday me miró ahora con uno de sus fogonazos, no duró apenas nada, en seguida sus ojos volvieron a su aspecto dormitante. Pensé que estaría pensando que yo era un morboso, un enfermo, pero tal vez entendía mi petición y el deseo, al fin y al cabo teníamos el mismo tipo de orgullo. Se levantó y me dijo:

—Esto es material reservado, sería completamente irregular que le diera una copia. —Y a la vez que decía esto metió la foto en la fotocopiadora que tenía en el despacho—. Pero usted puede haber hecho una fotocopia aquí en mi ausencia, cuando salí un momento, sin que yo me haya enterado. —Y me extendió la hoja con la reproducción imperfecta y brumosa pero reproducción al fin. Duraría sólo unos años, las fotocopias acaban borrándose, uno no se da cuenta de que empalidecen.

Ahora han pasado dos de esos años, y sólo durante los primeros meses tras la muerte de Dorta seguí dándole vueltas a aquella noche, me duró el horror algo más que el regocijo y la saña a los periódicos impacientes y a las televisiones desmemoriadas, no hay mucho que hacer cuando no hay ayuda ni avances y los medios de comunicación ni siquiera sirven de recordatorio. No es que yo lo necesitara en lo personal, pocas cosas en mí palidecen: no hay día que no me acuerde de mi amigo de infancia, no hay día en que no me pare a pensar en él en algún instante por uno u otro motivo, en realidad no se puede dejar de contar con la gente por el hecho accidental de que ya no podamos verla. A veces creo que ese hecho no sólo es accidental, sino intrascendente, el hábito y lo acumulado bastan para que la sensación de presencia sea siempre más fuerte y no se desvanezca, cómo se podría si no echar de menos. Pero sí se difumina el final si uno no saca de él nada en limpio y además puede teñir cuanto vino antes. Ese final se sabe, pero no aparece en primer plano. No fue así en los primeros meses, cuando las pesadillas se apoderan del sueño y los días comienzan todos con la misma imagen insistente, que parece una figuración y sin embargo pertenece a lo acaecido, uno se da cuenta mientras se lava los dientes, o mientras se afeita: 'Qué tonto soy, si es cierto'. Repasé muchas veces la conversación de la cena última, y el filo de las repeticiones me hizo ver que nada era significativo tras haberle otorgado significación a todo durante un periodo. Dorta se divertía fingiendo excentricidades, pero no creía en magias de ningún tipo ni tampoco en ultramortalidades y ni siquiera en azares, no en mayor grado que yo, y yo no creo en casi nada. La historia de la subasta de Londres era puramente anecdótica, lo vi claro pronto si alguna vez tuve dudas, la clase de cosas que a él le gustaba inventar o hacer más que nada para contarlas luego, a mí o a otros, a sus ignorantes idolatrados o a sus señoras sociales, sabiendo que distraían. Que hubiera pujado por un anillo mágico de aquel chiflado demonólogo Crowley no era sino la prueba: era más vistoso relatar el forcejeo por ese objeto que por una carta autógrafa de Wilde o Dickens o Conan Doyle. Una zebra. Y además no se lo había llevado, lo más disparatado habría sido que la broma le hubiera costado una buena suma imprevista. Quizá ni siquiera había existido el individuo germánico de las botas vaqueras, qué fantasía. Y aunque se hubiera alzado con la esmeralda: no cabía pensar en persecuciones ni en sectas, en venganzas a lo Tutankhamon ni en conjuras a lo Fu-Manchú, todo tiene su límite, hasta lo inexplicable.

Fue al cabo de un par de meses —la prensa ya no se interesaba y era dudoso que la policía lo hiciera— cuando se me ocurrió una posibilidad tan aceptable que no comprendí cómo no había pensado antes en ella. Llamé a Gómez Alday y le dije que quería verlo. Lo noté aburrido e intentó que le contara por teléfono el hallazgo, andaba muy mal de tiempo. Insistí y me citó en su despacho a la mañana siguiente, diez minutos, me advirtió, no disponía de más para escuchar hipótesis que le complicaran la vida. Fuera lo que fuese lo recibiría con escepticismo, me advirtió también, para él la cosa estaba clara, sólo que no era fácil dar con aquel lancero: en la lanza había muchas huellas, entre ellas sin duda las mías, casi todos los visitantes de la casa la tocábamos o la sopesábamos o la blandíamos un instante al verla sobresaliendo en el paragüero de la entrada. Me encontré al inspector con color sano y más pelo, no supe decirme si se trataba de un implante aprovechando el agosto o de una distribución más inflada y artística de su peinado romano. Mientras le hablé mantuvo los ojos opacos, como un animal dormido al que se transparentaran las pupilas bajo los párpados:

—Mire, yo no sé demasiado de las andanzas de mi amigo, me contaba algo a veces sin entrar en detalles. Pero no descarto que pagara a algunos de los chicos con los que iba. Al parecer no era infrecuente que algunos presumieran de heterosexuales, aceptaban el viaje como excepción o eso decían, se empeñaban en dejar muy claro que a ellos las tías. Esa noche mi amigo pudo encapricharse de uno, y el machito decirle que o le conseguía una mujer también o nada. Soy capaz de ver a mi amigo metiendo al muchachito en un taxi y recorriendo pacientemente la Castellana. Lo veo hasta divertido, preguntándole qué le parecía esta o aquella, opinando él mismo como si fueran dos compinches de aventuras, dos puteros en noche de sábado. Por fin cogen a la cubana y se van los tres a la casa. El muchachito insiste en que Dorta se la tire para que él lo vea, algo así. Las tragaderas de mi amigo no son ilimitadas dadas sus inclinaciones, pero se deja hacer por la mujer, una cosa pasiva, todo sea por complacer al otro y conseguir sus propósitos más tarde. El machito se pone histérico cuando le llega el turno, se pone violento, va por la lanza que le ha hecho gracia al entrar en el piso, o a lo mejor ya la tenían en el dormitorio por indicación del propio Dorta, para que el chico hiciera poses con ella como una estatua, juegos así le gustaban. Y se carga a los dos, por la encerrona, aunque fuera consentida. Ha pasado muchas veces, arrepentidos, ¿no? Se echan atrás cuando ya no hay vuelta. Usted sabrá de casos. Lo he pensado y me parece posible, eso explicaría unas cuantas cosas que no casan.

La mirada de Gómez Alday siguió siendo neblinosa y holgazana, pero le salió una voz de irritación y desprecio:

—Menudo amigo está usted hecho. Qué tiene contra él, sólo quiere echar mierda sobre su cadáver o qué, vaya historietas, tiene usted la mente enferma —dijo. No es que yo conociera mucho, pero el inspector no tenía ni idea de las prácticas y cambalaches nocturnos habituales. Las exigencias. Su orgullo sería más puro que el mío, pensé—. Pero ni siquiera me vale como mierda rebuscada, le falta a usted un dato que supimos a los pocos días. Su amigo llegó en efecto en taxi y acompañado a su casa, pero iba solo con la puta, los dos armando ya escándalo, la tía con las tetas fuera y él jaleándola, según dijo el taxista. Vino a contárnoslo cuando leyó de la matanza y vio en el periódico la foto de Dorta. Así que el lancero tuvo que llegar después: el chulo siguiendo a la puta o el marido a la mujer, o los dos ambas cosas, marido y chulo, mujer y puta. Ya se lo dije.

—O pudo estar ya en la casa —contesté yo, picado por la reprimenda injusta—. A lo mejor el machito, una vez metidos en faena sin éxito, obligó a mi amigo a salir solo de caza y llevarle la pieza.

—Ya. ¿Y su amigo habría salido a recorrer las calles, dejándolo solo en el piso?

Me quedé pensando. Dorta era aprensivo y cauto. Podía ponerse tonto una noche, pero no hasta el punto de propiciar que lo desvalijara un chapero mientras se lanzaba a buscarle una niña.

—Supongo que no —contesté exasperado—. Qué sé yo, quizá llamó al chapero, lo hizo venir luego, las secciones de anuncios de los periódicos están llenas de ofrecimientos para cualquier hora.

Gómez Alday tuvo ahora uno de sus fogonazos, pero fue más de impaciencia que de otra cosa.

—¿Y entonces para qué la tía, dígame, a ver? Para qué se la habría llevado, eh. Qué empeño tiene en que se culpe a una maricona. ¿Qué tiene usted contra ellos?

—Nunca he tenido nada. Mi mejor amigo era lo que usted ha dicho, quiero decir que lo llamaron así muchas veces. No me cree, pregunte por ahí, pregunte entre los escritores, le contarán, son chismosos. Pregunte en los tugurios, también es su término. Me he pasado la vida defendiéndolo.

—Lo que cuesta creer es que fuera usted amigo suyo. Además, ya le dije que a mí sólo me interesaba su última noche, ninguna otra. Es la única que me atañe. Ande, lárguese.

Me fui hacia la puerta. Ya con la mano en el picaporte me volví y le pregunté:

—¿Quién descubrió los cadáveres? Los encontraron de noche, ¿no?, a la noche siguiente. ¿Quién subió a la casa? ¿Por qué subió nadie?

—Nosotros —dijo Gómez Alday—. Nos avisó una voz de hombre, nos dijo que allí teníamos pudriéndose dos animales muertos. Eso dijo, dos animales. Probablemente el marido se angustió de pensar que allí estaba su puta, tirada y con un agujero sin que se enterara nadie. Le vendría el sentimentalismo de nuevo. Colgó en seguida tras dar las señas, no sirve de mucho. —El inspector hizo girar su silla y me dio la espalda como si hubiera puesto punto final a su trato conmigo mediante su respuesta. Vi su nuca ancha mientras me repetía—: Lárguese.

Dejé de darle vueltas al asunto, supuse que la policía nunca averiguaría nada. Dejé de darle vueltas durante dos años, hasta ahora, hasta una noche en que había quedado a cenar con otro amigo, Ruibérriz de Torres, muy distinto de Dorta y no tan antiguo, siempre va con mujeres que le dan buen trato y no es apocado, menos aún resignado. Es un sinvergüenza con el que me llevo bien, aunque sé que algún día me hará objeto de la deslealtad que tiene hacia todo el mundo y ahí se acabará la camaradería. Está enterado de cuanto pasa en Madrid, se mueve por todas partes, conoce o se las arregla para conocer a quien se proponga, es un hombre de recursos, su único problema es que lo lleva pintado en el rostro, la capacidad de estafa y la voluntad de dolo.

Estábamos cenando en La Ancha, en la terraza de verano, el uno enfrente del otro, su cabeza y su cuerpo me tapaban la mesa siguiente, en la que no tuve por qué fijarme hasta que la mujer que ocupaba en ella el lugar de Ruibérriz, es decir, el que estaba frente al mío, se agachó lateralmente a recoger su servilleta, volada por un poco de aire que se levantó a los postres. Asomó por su izquierda mirando hacia delante, como hacemos cuando recogemos algo que está a nuestro alcance y que sabemos exactamente dónde ha caído. Sin embargo se confió y falló, y por eso hubo de tantear con los dedos durante unos segundos, siempre con la cara mirando hacia nosotros, quiero decir hacia nuestra posición, porque no creo que posara los ojos en nada. Fueron unos segundos —uno, dos, tres y cuatro; o cinco—, los suficientes para que yo viera la cara y el largo cuello estirado en el pequeño esfuerzo de recuperación o búsqueda —la lengua en una comisura—, un cuello muy largo o más largo quizá por efecto del escote veraniego, un mentón corto y redondo y las aletas de la nariz dilatadas, unas pestañas densas y unas cejas como pinceladas, la boca grande y los pómulos altos, la tez oscura por naturaleza o piscina o playa, eso era difícil decirlo al primer golpe de vista, aunque mi primer golpe de vista sea a veces como una caricia, otras veces como un verdadero golpe. La melena era negra y de peluquería y rizada, vi un collar o una cadena, atisbé el escote rectangular, un vestido con tirantes sobre los hombros, blancos los tirantes y también el vestido, oí ruido de pulseras. Los ojos fueron lo que vi menos, o acaso los pasé por alto por la costumbre de no verlos nunca en la fotografía, apretados allí, cerrados allí con el gesto de dolor de quien murió con gran daño. Oh sí, en verano las mujeres se asimilan unas a otras más que en invierno y en primavera, y más aún para los europeos si son o parecen americanas, a todas podemos verlas como si fueran la misma, en verano ocurre mucho, algunas noches no distinguimos. Pero ella en verdad se parecía. Eso era mucho decir, lo sé bien, el parecido entre una mujer de carne y hueso con movimiento y una mera fotocopia de comisaría, entre los colores brillantes y el blanco y negro brumoso, entre las carcajadas y la parálisis, entre unos dientes luminosos y unas muelas picadas que jamás fueron vistas sino descritas, entre una vestida sin apuros visibles y una desnuda indigente, entre una viva y una muerta, entre un escote veraniego y un boquete en el pecho, entre la lengua suelta y el silencio eterno de los cuarteados labios, entre los ojos abiertos y los ojos cerrados, tan risueños. Y aun así se parecía, se parecía tanto que ya no pude apartar la vista, eché inmediatamente mi silla a un lado, hacia mi derecha, y como aun así no alcanzaba más que a verla a medias e intermitentemente —tapada por Ruibérriz y por su acompañante, los dos se movían—, me cambié sin más de sitio pretextando que me molestaba el aire, y pasé a sentarme —desplazados el plato del postre y mis cubiertos y vasos— a la izquierda del amigo, para ver sin obstáculos y miré sin pausa. Ruibérriz se dio cuenta en seguida, con él no hay mucho disimulo posible, de manera que le dije, sabiéndolo comprensivo ante semejantes accesos:

—Hay ahí una mujer que me ha dejado sin aliento. Aunque sea mucho pedirte, no te vuelvas hasta que yo te diga. Y es más, te advierto ya una cosa: si ella y el hombre con quien está cenando se levantan, yo saldré tras ellos escopetado, y si no, esperaré lo que haga falta a que acaben para luego hacer lo mismo. Si quieres vienes conmigo y si no te quedas y ya haremos cuentas.

Ruibérriz de Torres se alisó el pelo con coquetería. Le bastaba saber que había una mujer notable en las inmediaciones para segregar virilidad y ponerse presumido. Aunque él no la viera ni ella a él; todo un poco animalesco, se le hinchó el niki.

—¿Es para tanto? —me preguntó inquieto, se le iba el cuello. A partir de ahora no iba a ser posible hablar de nada más, y era culpa mía, yo no le quitaba el ojo a la chica.

—Puede que para ti no —contesté—. Para mí sí puede serlo. Para tanto y más.

Ahora veía también de medio perfil al acompañante, un hombre de unos cincuenta años con aspecto adinerado y tirando a tosco, si ella era una puta el tipo era un inexperto e ignoraba que podía haber ido más al grano, sin el trámite de la cena en terraza. Si ella no lo era, el trámite estaba justificado, lo que lo estaría menos sería que la mujer hubiera aceptado salir con un individuo tan poco atractivo, aunque para mí siempre han sido un misterio las decisiones de las mujeres en lo relativo a sus devaneos como a sus amores, a veces una aberración según mi criterio. Lo que era seguro es que no estaban casados ni comprometidos ni nada, quiero decir que estaba claro que aún no habían yacido, según la expresión anticuada. El hombre hacía demasiados esfuerzos por mostrarse ameno y atento: llenaba puntualmente la copa de ella, parloteaba anécdotas u opiniones para no caer en el silencio que disuade de cualquier contacto, le encendía los cigarrillos con un mechero antiviento, de brasa como los de los coches, no hacen todo eso los españoles si no buscan algo, no cuidan su comportamiento.

A medida que la fui mirando mi convencimiento inicial disminuyó, como pasa con todo: a la seguridad sigue incerteza y a la incertidumbre ratificación, en general cuando es demasiado tarde. Supongo que según iban pasando minutos la imagen de la mujer viva se me imponía sobre la de la muerta, desplazándola o desdibujándola, admitiendo por tanto siempre menos comparación, menos semejanza. Se comportaba naturalmente como una mujer ligera, lo cual no significaba que hubiera de serlo, para mí no podía serlo en la medida en que aún se le superponía la desolación de las luces y la televisión encendidas durante todo un día y del semen inmerecido en la boca y del agujero en el pecho que aún se merecía menos. Lo miré, miré sus pechos, los miré por hábito y también porque eran lo que más conocía de la asesinada además del rostro, traté de que ahí se produjera también el reconocimiento pero fue imposible, estaban cubiertos por sostén y vestido, aunque pudiera vislumbrarse su inicio en el escote ni sobrio ni exagerado. Se me cruzó como un rayo el pensamiento indecente de que tenía que ver como fuera esos pechos, estaba seguro de reconocerlos si los veía al descubierto. No sería tarea fácil, menos aún aquella noche, en la que su acompañante tendría esas mismas intenciones y no me cedería el sitio.

De pronto olí el olor, un olor dulzón y pastoso, un aroma inconfundible, no supe si me lo traía por vez primera el cambio de dirección del aire —el salto de viento— o si era el primer cigarrillo con sabor a clavo que se fumaba en la mesa contigua a la nuestra, un buen cigarrillo distinto con el café o la copa, como quien se concede un cigarro. Miré rápidamente las manos del hombre, veía la derecha, manoseaba el mechero con ella. La mujer sí tenía un cigarrillo en la izquierda, y el hombre alzó entonces su brazo izquierdo para pedirle al camarero la cuenta con un gesto, la mano vacía, luego en aquel momento de olor exótico sólo fumaba ella, fumaba un Gudang Garam indonesio que crepita al quemarse con lentitud, yo había tenido un paquete hacía dos años, lo último que recibí de Dorta, y lo había hecho durar pero no tanto, al mes de dármelo él se me había acabado, fumé el último pitillo en memoria suya, bueno, cada uno y todos, guardé el paquete rojo vacío, 'Smoking kills', eso dice. Cómo era posible que a ella —si es que era ella— le hubiera durado tanto el que le habría regalado también mi amigo, la misma noche. Dos años, los cigarrillos 'kretek' estarían secos como el serrín, un paquete abierto, y sin embargo aquel olor era penetrante.

—¿Hueles lo que yo huelo? —le pregunté a Ruibérriz, que se estaba hartando.

—¿Puedo mirarla ya? —dijo.

—¿Lo hueles? —insistí.

—Sí, no sé quién está fumando incienso o algo, ¿no?

—Es clavo —contesté yo—. Tabaco con clavo.

El gesto del hombre al camarero me permitió hacerle yo a otro el mismo gesto de la escritura y estar listo cuando se levantó la pareja. Sólo entonces di permiso a Ruibérriz para que se volviera; se volvió, decidió acompañarme. Los seguimos a unos pocos pasos, vi a la mujer de pie por vez primera —la falda corta, los zapatos con los dedos al aire, las uñas pintadas— y durante esos pasos oí también su nombre, el que no había tenido nunca para mí ni para Gómez Alday ni quién sabía si para Dorta. 'Hay que ver qué bien te mueves, Estela', le dijo el tosco, no lo bastante para no estar en lo cierto en su comentario, que contenía más admiración que requiebro. Nos separamos un momento Ruibérriz y yo, él fue hasta el coche para poder recogerme en cuanto ellos subieran al suyo, no eran gente de taxi. Cuando lo hicieron monté yo en el nuestro y rodamos siguiéndolos a escasa distancia, no había demasiado tráfico pero sí el suficiente para que no tuvieran por qué notarnos. El trayecto fue breve, llegaron a una zona de chalets urbanos, Torpedero Tucumán la calle, un nombre cómico para dirigirle una carta. Aparcaron y entraron en uno de ellos, de tres pisos, había luces encendidas ya en todos, como si hubiera bastante gente en la casa, tal vez acudían a alguna fiesta, después de la cena la fiesta, en verdad cuánto trámite el de aquel sujeto.

Ruibérriz y yo aparcamos sin salir del coche por el momento, desde allí veíamos las luces pero nada más, la mayoría de las persianas bajadas a medias y había visillos que no movía el aire, habría que haberse acercado hasta alguna ventana de la planta baja y haber espiado por una ranura, puede que acabemos haciéndolo, pensé rápidamente. En seguida nos pareció, sin embargo, que no podía tratarse de ninguna fiesta, porque no salía música de aquellas ventanas abiertas ni tampoco rumores de conversación anárquica ni risotadas. Sólo estaban subidas las persianas en dos habitaciones del tercer piso y allí no se veía a nadie, sólo una lámpara de pie, paredes sin libros ni cuadros.

—¿Qué te parece? —le pregunté a Ruibérriz.

—Que no tardarán demasiado en salir. Ahí no hay mucha diversión que no sea privada, y esos dos no pasarán juntos la noche, no ahí al menos, sea lo que sea la casa. ¿Has visto quién abrió, si tenían llave o llamaron?

—No he podido, pero creo que no llamaron.

—Puede ser la casa de él, y si es así ella saldrá dentro de un par de horas, no más. Puede ser la de ella, y entonces será él quien salga, al cabo de menos tiempo, digamos una hora. Puede ser una casa de masajes, así les gusta llamarlas ahora, y entonces será también él quien se vaya, pero dale sólo media hora o tres cuartos. Por último podría haber ahí dentro unas cuantas timbas selectas, pero no lo creo. Sólo en ese caso podrían pasarse la noche ahí metidos, perdiendo y recuperando. Tampoco me pega que sea la casa de ella. No, no lo será.

Ruibérriz conoce bien los territorios de la ciudad, tiene costumbre y ojo. No hace muchas preguntas y es capaz de averiguar lo que sea o encontrar a quien sea mediante dos llamadas y quizá otras tantas hechas luego por sus interlocutores.

—¿Por qué no me averiguas qué casa es esa? Yo me quedo aquí esperando, por si salen los dos o uno antes de lo previsto. No te llevará nada de tiempo saberlo, estoy seguro, puede que baste con mirar la guía de calles.

Se quedó mirándome con los brazos bronceados sobre el volante.

—¿Qué pasa con esa tía? Qué pretendes. No la he visto demasiado bien, pero quizá no sea por fin para tanto.

—Para ti no probablemente, ya te lo he dicho. Déjame ver qué pasa esta noche y otro día te cuento el relato completo. Por lo menos tengo que saber dónde para, dónde vive, o dónde se acuesta esta noche, cuando le dé por acostarse.

—No es la primera vez que me pides que espere a un relato, no sé si te das cuenta.

—Pero a lo mejor es la última —le contesté yo. Si le contaba en seguida que creía estar viendo a una muerta, era posible que no me echara ninguna mano, esas cosas le ponen nervioso, como a mí normalmente, no creemos en casi nada.

Descendí del coche y Ruibérriz se lo llevó para hacer sus averiguaciones. En aquella zona no había comercios ni cines ni bares, una calle residencial aburrida y arbolada, sin apenas iluminación, sin nada ante lo que disimular o con lo que distraer una espera. Si me veía un vecino me tomaría por un merodeador sin duda, no había ningún pretexto para estar allí de pie, solo, en silencio, fumando. Crucé a la otra acera por si desde allí veía algo en el piso de arriba, el único con los vanos despejados. Vi algo, pero fue muy raudo, cómo una mujer grande que no era Estela pasaba y desaparecía y volvía a pasar en la dirección contraria al cabo de unos segundos y desaparecía de nuevo empeorando mi visión tras su paso, ya que al salir apagó la lámpara: como si hubiera entrado un momento a coger algo. Crucé otra vez y me acerqué sigilosamente como un ladrón antiguo a la cancela; la empujé y cedió, estaba abierta, se dejan así cuando hay una fiesta o si el lugar es de mucho paso. Seguí avanzando con tanto cuidado que de haber estado pisando arena mis huellas no habrían podido quedar en ella, me aproximé lentamente a una de las ventanas del piso bajo, la que quedaba a la izquierda de la puerta de entrada desde mi perspectiva. Como en casi todas, la persiana estaba bajada pero de manera que a través de las ranuras pudiera pasar el aire cálido que ya había parado, es decir, no a cal y canto. Detrás había visillos inmóviles, aquella habitación tendría refrigeración o sería una sauna. Los pasos que uno ve posibles a menudo acaba dándolos sin querer solamente porque son posibles y se nos han ocurrido, y así se cometen tantos actos y tantos asesinatos, a veces la idea conduce al hecho como si no pudiera sostenerse y vivir en tanto que idea tan sólo, como si hubiera una clase de posibilidades que no se aguantan y se desvanecen si no son puestas en ejecución al instante, sin que nos demos cuenta de que también así se han desvanecido y han muerto, ya no serán posibilidades sino pasado. Me encontré en la situación que había previsto desde el coche, con los ojos pegados a la rendija que quedaba a la altura de mi mirada mirando, escudriñando, tratando de distinguir algo a través de un espacio tan exiguo y de la tela transparente y blanca que dificultaba todavía más el discernimiento. También allí había sólo una luz de lámpara baja, gran parte de la habitación estaba en penumbra, era como tratar de desentrañar una historia de la que nos escamotean los principales datos y sólo sabemos detalles sueltos, mi visión borrosa y el punto de vista tan reducido.

Pero me pareció verlos y los vi, a los dos, a ellos, a Estela y al hombre tosco subidos el uno encima del otro, fuera del haz de luz, se acabaron los trámites, en una cama o quizá era colchón o era el suelo, al principio no distinguía siquiera quién era quién, dos masas carnales enlazadas oscuras, allí había desnudez, me dije, la mujer tendría al descubierto los pechos que yo necesitaba ver, o quizá no, quizá no, podría haberse dejado puesto el sostén todavía. Había movimiento o sería forcejeo, pero apenas si salía ruido, ni gruñidos ni gritos ni placeres ni risas, como una escena de película muda que jamás fue vista en los cines decentes mudos, un ceñudo y sofocado esfuerzo de cuerpos seguramente entregados más a otro trámite nuevo —el polvo— que al deseo verdadero, sin deseo no sólo el de ella sino el de él igualmente, pero era arduo decir dónde acababa uno y empezaba otro o cuál era cuál, algo grotesco debido a la oscuridad y el velo, cómo es posible no distinguir el de una mujer juvenil del de un hombre tosco. De pronto se alzaron con claridad un tórax y una cabeza con un sombrero puesto, entraron en el haz de luz un instante antes de volver a hundirse, el hombre se había calado un sombrero vaquero para echar su polvo, santo cielo, pensé, qué mamarracho. De modo que era él quien estaba arriba o encima, al alzarse me pareció ver también su torso velludo y prieto y desagradable, ancho y sin curvatura, poco ágil. Bajé los ojos a la siguiente ranura por si a esa altura vislumbraba a la mujer y sus pechos, pero allí perdía enteramente la perspectiva y volví al intersticio de arriba, esperando a que él tal vez se cansara y quisiera descansar debajo, era raro no saber si era cama o colchón o suelo, y aún más rara la amortiguación del sonido, un silencio como de mordaza. Luego percibí laboriosidad en el animal sudoroso y bicéfalo en que se habían convertido pasajeramente, van a cambiar de postura, pensé, van a intercambiar los puestos para prolongar la duración del trámite, lo cual es a su vez otro trámite, ya que en realidad no varían los elementos.

Oí el cerrojo de la puerta y me escabullí hacia la izquierda, logré doblar la esquina de la casa antes de que una voz de mujer despidiera a quienes se estaban yendo ('Anden, y vayan con Dios', como si fuera mexicana), un crítico literario al que conozco de vista, una cara de primate purísimo y pantalones rojos y botos como de excursionista, un segundo mamarracho, si aquello era una casa de putas no me extrañaba que aquel individuo hubiera de visitarlas, pagar siempre, lo mismo que el otro, un tipo con pelo cano a cepillo y cabeza de huevo invertido y una boca reptiliácea, grueso y con gafas y con corbata. Salieron ufanos y golpearon la cancela con engreimiento, nadie los vería, la calle tan sola y oscura, el segundo tipo tenía acento canario y era un tercer mamarracho, por su pinta y por su conducta, un chulo impostado. Cuando ya no oí sus pasos volví a mi ranura, habían transcurrido un par de minutos o tres o cuatro y ahora el hombre y Estela ya no estaban entrelazados, no habían cambiado de figura sino que se habían interrumpido, el final o una pausa. El sujeto estaba de pie, o de rodillas sobre el colchón, el haz de luz lo iluminaba, a ella menos, reclinada o sentada, veía su melena de espaldas, el hombre tosco le agarró la cabeza con las dos manos y se la hizo girar un poco, ahora vi el rostro de ambos y el cuerpo erguido de él con su vello proliferante y su sombrero ridículo, me pareció que empezaba a apretarle la cara a Estela con los dos pulgares, qué fuerza pueden tener dos pulgares, era como si la acariciara pero haciéndole mal, como si excavara en sus pómulos altos o le diera un masaje cruel que ahonda cada vez más intenso, empujaba sus mejillas hacia dentro como si fuera a hundírselas. Me alarmé, pensé por un instante que iba a matarla y que no podía matarla porque ya estaba muerta y porque yo tenía que ver sus pechos y hablar algo con ella, preguntarle por aquella lanza o por aquel boquete —el arma no estaba en ella, había salido—, y por mi amigo Dorta que recibió su sangre en la lanza. El hombre cedió en su presión, la soltó, hizo restallar sus nudillos apretándoselos, murmuró unas palabras y se apartó unos pasos, quizá no era nada, quizá era sólo el recordatorio de algunos hombres a algunas mujeres de que pueden hacerles daño si quieren. Se quitó el sombrero, lo tiró al suelo como si ya no le sirviera, empezó a buscar su ropa en una silla, sería él quien se marchara. Ella se dejó caer y se quedó inmóvil, no parecía dañada, o acaso tenía costumbre de recibir violencias.

—Víctor —oí la voz de Ruibérriz que me llamaba quedamente desde el otro lado de la cancela. No le había oído llegar, ni a su coche.

Con la cabeza vuelta hacia el chalet —a veces cuesta apartar la vista— salí a encontrarme con él tan aéreamente como había entrado, lo cogí de una manga y lo arrastré a la otra acera.

—¿Qué hay? —le dije— ¿Qué has sabido?

—Lo previsible, casa de putas, abierta a todas horas, se anuncia en los periódicos, superchicas, europeas y americanas y asiáticas, dicen entre otras cosas. Te advierto que no serán muchas más de cuatro gatas. El teléfono viene en la guía a nombre de Calzada Fernández, Mónica. Así que saldrá él, si no ha salido.

—Debe de estar a punto, ya han acabado y se está vistiendo. Han salido unos puteros que van por ahí de literarios, creerán que son armas y letras —le dije yo—. Hay que alejarse de aquí un momento, porque luego entro yo, en cuanto él salga.

—Qué dices, te has vuelto loco, vas a ponerte en fila después de ese palurdo. ¿Qué te ha dado con esa mujer?

Volví a cogerlo de la manga y lo llevé más lejos, bajo los árboles, hasta un punto en el que seríamos invisibles para quien saliera. Ladró un perro perezoso del vecindario, calló en seguida. Sólo entonces le contesté a Ruibérriz:

—No me ha dado nada de lo que tú crees, pero le tengo que ver los pechos esta misma noche, es lo único que cuenta. Y si es una puta mejor que mejor: le pago, se los veo a conciencia, puede que hablemos un rato y largo.

—¿Puede que hablemos un rato y largo? Eso no te lo crees ni tú. No es para tanto, pero para más que mirar ya da. ¿Qué hay con sus pechos?

—Nada, te lo contaré mañana porque a lo mejor no hay nada que contar tampoco. Si quieres seguir al tipo en el coche cuando se vaya, bien, aunque no creo que importe. Si no, gracias por la pesquisa y déjame ahora, ya me apaño solo. La verdad, no se te resiste nada.

Ruibérriz me miró con impaciencia pese al halago final. Pero suele aguantarme, es un amigo. Hasta que deje de serlo.

—El tipo me trae sin cuidado, y ella también, para el caso. Si estás listo aquí te quedas, ya me dirás mañana. Ándate con ojo, tú no frecuentas estos sitios.

Se fue Ruibérriz y ahora sí oí el motor de su coche a lo lejos mientras se abría la puerta de la casa ('Vaya con Dios', tal vez de nuevo, no me pudo llegar desde donde estaba). Vi al hombre tosco ya fuera del recinto, sí oí la cancela ruidosa. Echó a andar con cansancio en la dirección contraria a la mía —concluida su noche de fingimiento y esfuerzo—, yo pude ir avanzando ya a sus espaldas mientras él se perdía en la fronda negra en busca de su automóvil. Tenía mucha impaciencia, y aun así aguardé unos minutos fumando otro cigarrillo antes de empujar la cancela. En la habitación de los trámites seguía habiendo luz, la misma lámpara, la persiana bajada con sus rendijas, no aireaban inmediatamente.

Llamé al timbre, de ring antiguo, no de campanas. Esperé. Esperé y una mujer grande me abrió la puerta, la había visto en el tercer piso, parecía una de nuestras tías cuando éramos niños, tías de Dorta o tías mías, llegada desde los años sesenta sin alterar su peinado rubio de platillo volante ni su maquillaje de pincel y polvera y hasta tenacillas.

—¿Sí, buenas noches? —dijo interrogativamente.

—Quisiera ver a Estela.

—Se está duchando —contestó ella con naturalidad, y añadió sin recelo, sólo haciendo gala de buena memoria—: Usted por aquí no ha venido antes.

—No, me ha hablado de ella un amigo. Estoy en Madrid de paso y me ha hablado bien de ella un amigo.

—Bueenoo —arrastró las vocales con tolerancia, tenía acento gallego—, a ver qué se puede hacer. Tendrá que esperar un poco, eso seguro. Pase.

Un saloncito en penumbra con dos sofás enfrentados, se accedía a él en seguida desde la entrada, bastaba seguir andando. Las paredes casi vacías, ni un libro ni un cuadro, sólo una foto apaisada de gran tamaño pegada a una tabla gruesa, como había en los aeropuertos y agencias de viajes, antes. La foto era de rascacielos blancos, el letrero no dejaba lugar a la conjetura, 'Caracas', nunca he estado en Caracas. Tal vez Estela era venezolana, pensé al instante, pero las venezolanas no suelen tener los pechos blandos, o su fama es de lo contrario. Quizá tampoco Estela, quizá no era la muerta y era todo un espejismo alcohólico y veraniego y nocturno, mucha cerveza con limón y mucho calor, ojalá fuera así, pensé, las historias asumidas en el tiempo ya no deben cambiarse, aunque se hayan encajado sin explicación en su día: su falta de explicación acaba constituyéndose en la historia misma, esa es la historia, si ya se la ha asumido en el tiempo. Me senté, tía Mónica me dejó a solas, 'Voy a averiguar para cuánto rato tiene', dijo. Esperé su regreso, sabía que tendría que producirse antes de la aparición deseada, un edecán la señora. Y sin embargo no fue así, la señora tardó, no volvía, tuve ganas de buscar el cuarto de baño en que se estuviera duchando la puta y entrar y verla sin más espera, pero la asustaría, y a los dos cigarrillos fue ella quien descendió por la escalera con el pelo mojado y bravío, en albornoz pero calzada con sus zapatos de calle, los dedos al aire, las uñas pintadas, las hebillas sueltas como único signo de que también sus pies estaban en casa, de retirada. El albornoz no era amarillo, sino azul celeste.

—¿Tiene mucha prisa? —me preguntó sin preámbulos.

—Mucha. —No me importaba lo que pudiera entender, al cabo de un rato entendería bien, y era ella quien debía darme explicaciones. Miraba sin curiosidad, sin mirar del todo, no como Gómez Alday pero sí como alguien que no aguarda sorpresas en su circunstancia. Era una mujer guapa imperfecta, o a pesar de sus imperfecciones resultaba guapa, al menos para el verano.

—¿Quieres que me vista o va bien así? —pasó a tutearme, quizá se sintió con derecho tras saber de mi urgencia. Vestirse para desvestirse, pensé, por si quería yo ver lo segundo.

—Va bien así.

No dijo más, hizo un gesto con la cabeza hacia una de las puertas de la planta baja y echó a andar hacia allí como una oficinista que va a buscar un impreso, la abrió. Yo me puse en pie y la seguí en el acto, debía de notar mi impaciencia equívoca, no parecía atemorizarla, más bien otorgarle superioridad sobre mí, sus maneras eran condescendientes, qué errada estaba si era ella y tenía que responder de una noche antigua y quizá ya olvidada. Entramos, era la misma habitación aún no aireada en la que acababa de debatirse con el tipo tosco, había allí un olor ácido pero más soportable de lo que habría supuesto. Un ventilador giraba en el techo, desde mi rendija no había podido verlo. Allí estaba el sombrero vaquero, tirado en el suelo, para uso de clientes quizá con complejos o con cabeza de huevo invertido, de alquiler también el sombrero. Un elemento vaquero en la última noche de Dorta, me había hablado de unas botas inverosímiles, de piel de cocodrilo.

Ella se sentó en la cama que no era colchón ni cama, uno de esos lechos japoneses bajos que no recuerdo cómo se llaman, creo que están de moda.

—¿Te han dicho ya el precio? —la pregunta era desgana-
da, mecánica.

—No, pero no importa, lo hablamos luego. No habrá problemas.

—Con la señora —dijo Estela—. Lo hablas con la señora.
—Y añadió—: Bueno, ¿cómo lo quieres? Aparte de rápido.

—Ábrete el albornoz.

Obedeció, se desanudó el cinturón dejando ver algo, pero
no me bastaba. Parecía aburrida, parecía hastiada, si antes no
había habido deseo ahora habría rechazo tácito. Su acento era
centroamericano o caribe, sin duda ya endurecido por una estancia en Madrid de años.

—Ábretelo más, del todo, bien abierto, que te vea —dije,
y mi voz debió de sonar alterada, porque ella me miró por
vez primera del todo y con una ráfaga de aprensión. Pero se
lo abrió, se lo abrió tanto que hasta los hombros le quedaron
al descubierto como a una estrella antigua de cine en noche de
gala, maldita la gala que había esta noche, allí estaban, los pechos bien conocidos en blanco y negro, allí los reconocí en
color sin dudar un instante pese a la penumbra, los pechos sugerentes y bien formados pero de consistencia blanda, cede-
rían en las manos como bolsas de agua, seguía siendo pobre
para meterse plástico, durante dos años yo los había mira-
do ensangrentados en una fotocopia cada vez más languide-
ciente, más veces de las que habría debido, más de lo que lo
imaginé que lo haría cuando le hice a Gómez Alday mi extravagante petición morbosa, era un hombre comprensivo. En
los pechos algo menos morenos que el resto no había ningún
boquete ni raja ni cicatriz ni tajo, toda la piel uniforme y lisa y
sin ninguna herida excepto por los pezones, demasiado oscu-
ros para mi gusto, uno se acostumbra a saber qué le gusta y
qué no al primer golpe de vista.

Y en seguida me vinieron agolpados demasiados pensamientos, la mujer viva y siempre viva por tanto, el gesto de dolor en la foto, los ojos apretados y también los dientes, aquellos

ojos cerrados no eran ojos de muerta porque los muertos no hacen ya fuerza y todo cesa cuando expiran, incluso el daño, cómo no había pensado que aquella expresión era la de alguien vivo o la de alguien muriendo, pero nunca la de alguien ya muerto. Y aquellas bragas, por qué su cadáver tenía puestas las bragas, por qué conservar una prenda cuando se llega tan lejos, las bragas las conserva solamente alguien vivo. Y si ella estaba viva podía también estarlo mi mejor amigo, Dorta el bromista y el resignado, qué clase de broma me había gastado haciéndome creer en su asesinato y en su condena, qué clase de broma si estaba vivo.

—De dónde has sacado los cigarrillos —le dije.

—¿Qué cigarrillos? —Estela se puso alerta de pronto, y repitió para ganar tiempo—: ¿Qué cigarrillos?

—Los que estuviste fumando antes, en el restaurante, con sabor a clavo. Déjame ver el paquete.

Instintivamente se cerró el albornoz, sin anudárselo, como para protegerse de su descubrimiento, estaba allí con un tipo que la había observado y seguido desde La Ancha o tal vez desde antes, todo aquel rato. Mi tono debía de ser lo bastante nervioso y colérico, porque señaló su bolso dejado en una silla, la silla que había aguantado la ropa del hombre tosco.

—Están ahí. Me los dio un amigo.

Le había metido miedo, noté que me tenía miedo y que haría lo que le dijese por eso. Ya no había superioridad ni condescendencia, sólo miedo de mí y de mis manos, o de un arma blanca que hiciera boquete o rajara. Cogí el bolso, lo abrí y saqué el paquete estrecho, rojo y dorado y negro, con su tramo de rieles curvos en relieve y su anuncio, 'Smoking kills', fumar mata. Kretek.

—¿Qué amigo? ¿El que estaba contigo? ¿Quién es?

—No, yo no sé quién es él, él quería salir a cenar esta noche, ya yo estuve con él sólo otra vez.

Ah cómo detesto a los hombres que hacen daño a las mujeres y cómo me detesté a mí mismo —o fue luego— cuando le agarré el brazo a Estela y le volví a abrir su albornoz de un manotazo dejándola desprotegida y pasé mi pulgar por el canal de sus pechos como si de allí quisiera sacarle algo, lo pasé varias veces apretando mientras decía:

—Dónde está el boquete, ¿eh? Dónde está la lanza, ¿eh? Dónde está toda la sangre, qué pasó con mi amigo, quién lo mató, tú lo mataste. ¿Quién le puso las gafas, di, se las pusiste tú, de quién fue la idea, fue tuya?

La tenía inmovilizada con su brazo retorcido y más retorcido a la espalda, y con la otra mano, con mi pulgar tan fuerte, le apretaba el esternón arriba y abajo, o se lo aplastaba, o se lo frotaba sintiendo a ambos lados el verdadero tacto de los pechos vistos tantas veces con mis ojos táctiles.

—Yo no sé nada de lo que pasó, no me dijeron —dijo gimiendo—, él ya estaba muerto cuando yo llegué. A mí sólo me llamaron para hacer las fotos.

—¿Te llamaron? ¿Quién te llamó? ¿Cuándo?

Nunca se sabe lo que pueden hacer nuestros pulgares, se habría alarmado alguien que me hubiera visto por la rendija de la persiana, los pulgares que no son nuestros parecen siempre imparables o incontrolables y que para ellos será siempre tarde. Pero estos eran míos. Me di cuenta de que no hacía falta asustarla más ni hacerle más daño, dejé de hacérselo, la solté, noté mis dedos calientes por el roce, como si ardieran momentáneamente, ese mismo ardor estaría en el canal de sus pechos como un aviso y un recordatorio, contaría lo que supiera. Pero antes de que hablara, antes de que se recobrara y hablara ya la idea me atravesó la cabeza, por qué los habían descubierto a la noche siguiente, tan tarde y con demasiado retraso, los dos cadáveres que sólo era uno, quizá para pensar y prepararlo todo y hacer las fotos, y quién hizo esas fotos que nunca se publicaron, tampoco la de ella, ni siquiera el rostro medio tapado por su cabellera echada hacia delante por su propia mano bien viva, sólo retratos de mi amigo Dorta en mejores tiempos, una composición esa cabellera que encubría un poco, la noticia contó lo que la policía dijo, no hubo versión de vecinos y las fotos las vi yo tan sólo, en el despacho de Gómez Alday tan sólo, las enseñaría a un juez como mucho.

—La policía me llamó. El inspector me llamó, me dijo que me necesitaba para posar con un cadáver de muerte violenta. A veces hay que hacer cualquier cosa, hasta acostarse con un muerto. Aunque estaba ya muerto el muerto, te lo aseguro, yo con él no hice nada.

Dorta estaba muerto. Durante unos instantes había vuelto a vivir para mi sospecha, en realidad nada extraño: el hábito y lo acumulado bastan para que la sensación de presencia nunca se desvanezca, no ver a alguien puede ser accidental, hasta intrascendente, y no hay día que no me acuerde de mi amigo de infancia con quien ninguna mujer nunca hizo nada, ni vivo ni muerto, eso preocupaba a Estela, la pobre: 'Estaba ya muerto el muerto, te lo aseguro'; y ni sangres mezcladas ni semen ni nada, todo aquello lo había inventado Gómez Alday para contármelo a mí o a cualquier otro curioso o metomentodo y que yo lo asumiera en el tiempo, los periódicos se cansan pronto y no dieron tantos detalles, sólo que había habido sexo entre los cadáveres cuando aún no lo eran.

—Y te mancharon bien, ¿eh? Con sus pegotes de sangre y todo.

—Sí, me mancharon el pecho con ketchup y esperaron a que se secara y tiraron las fotos luego. No llevó mucho tiempo, con el calor fue rápido, el joven las hizo. Me dieron unos miles y me dijeron que me callara bien. —Con su pulgar hizo el gesto de cerrarse la boca, como una cremallera. Seguía hablando pero me iba perdiendo el miedo, no dejaría de hablar por eso, aunque habría notado que por mi cabeza había cruzado esa expresión o ese pensamiento, 'la pobre', todos notamos eso, y nos tranquiliza—. De eso hace ya bastante tiempo. Si hablas te mando a latigazos de vuelta a Cuba en un barco negrero, me dijo, eso dijo el inspector. Y ahora qué pasará con eso, ahora qué, me volverá para Cuba.

—El joven —dije yo, y mi voz sonó aún alterada, aún no se podía estar del todo a salvo conmigo—, qué joven. Qué joven.

—El muchacho que estuvo con él todo el rato, estaba en el servicio militar, tenía que volver al cuartel, hablaron de eso. —Y aún se atrevió Gómez Alday, pensé, aún se atrevió a decir que el lancero podía ser alguien acostumbrado a clavar bayonetas, ahí te pudras con el corazón lleno de hierro aunque no estemos en guerra, un saco más, saco de harina saco de plumas saco de carne, kretek kretek—. Ya yo no sé más, llegué y me fui de allí por la tarde, con mi dinero y los cigarrillos, esos me los robé de la casa al salir cuando no me vieron, dos cartones. Aún me quedan tres o cuatro paquetes, los fumo lento y a la gente le impresionan, aún huelen mucho.

El motivo para fumarlos no era muy distinto del que tenía Dorta, algo en común tenían, él y Estela. Me senté a su lado en la cama baja y le pasé la mano por el hombro.

—Lo siento —le dije—. El muerto era amigo mío y yo vi esas fotos.

Demasiadas veces tiene razón Ruibérriz de Torres, a todos nos conoce mucho. Después de todo yo llevaba tiempo viendo de tarde en tarde aquella cara doliente y aquellos pechos quietos y muertos y ensangrentados, y me daba alegría verlos en movimiento y vivos y recién duchados, aunque mi amigo en cambio siguiera muerto y hubiera habido tanto engaño. También fue una forma de pagarle y compensarle a la mujer el mal rato, aunque podía haberle dado el dinero por nada, o por la información tan sólo. Pero al fin y al cabo: tampoco iba a conciliar el sueño hasta que llegara la hora de las oficinas y las comisarías, aunque algunas de éstas pasan la noche en vela.

Dejé dinero en el saloncito al salir, quizá de más, quizá de menos, la tía Mónica se habría acostado hacía horas. Cuando me fui la mujer dormía. No pensé que la fueran a volver a Cuba, como ella decía.

Gómez Alday tenía aún mejor aspecto que la última vez que lo había visto, hacía casi dos años. Había ganado con el tiempo, lo habrían ascendido, estaría más tranquilo. Ahora que sabía que no compartía mi orgullo estúpido comprendí que se cuidara, los que lo tenemos nos cuidamos menos; no tuve tiempo ni humor para preguntas amables. No se negó a recibirme, no se levantó de su silla giratoria cuando entré en su despacho, se limitó a mirarme con sus ojos velados que no denotaron gran sorpresa, si acaso fastidio. Me recordaba.

—¿Qué hay? —me dijo.

—Hay que he hablado con Estela, su muerta, y no a través de su fotografía. A ver qué me cuenta usted ahora de su lancero.

El inspector se pasó una mano por la cabeza romana que cada vez parecía tener más pelo, él sí ganaba para sus injertos, pensé un segundo, los pensamientos inoportunos vienen en cualquier instante. Cogió un lápiz de su mesa y tamborileó con él sobre la madera. Ya no fumaba.

—Así que se ha puesto a hablar —contestó—. Cuando llegó se llamaba Miriam, si es que se refiere a la puta cubana.

—¿Qué pasó? Va a tener que contármelo. Usted no quiso investigar con los julas, para qué iba a perder el tiempo. No sé ni cómo se atrevió a llamarlos así.

Gómez Alday sonrió un poco, quizá un fantasma de rubor. No parecía más alarmado que un muchacho al que se ha descubierto en un embuste. Un embuste menor, algo que no tendrá consecuencias más allá de la riña. Tal vez sabía que yo no iba a irle a nadie más con el cuento, quizá lo supo antes de que lo supiera yo mismo. Tardó en contestar, pero no porque vacilara: era como si estuviera sopesando si yo merecía la confesión.

—Bueno, hay que disimular, verdad —dijo por fin, e hizo una pausa, aún no había decidido. Luego siguió:— Yo no sé si conoce a estos chicos, algo le contó su amigo, verdad. Si son muy jóvenes no tienen sentido alguno de la fidelidad, tampoco de la oportunidad, se van con cualquiera una noche si los seducen con cuatro halagos, no digamos con algo de fama o un buen recorrido por los sitios caros. Salen por ahí, no tienen otra cosa que hacer, salen dispuestos a ser seducidos. Usted no sabe, son mucho más vanidosos que las mujeres. —Gómez Alday se detuvo, hablaba como si nada de aquello tuviera gran importancia y perteneciera a un pasado remoto, y es verdad que el pasado se hace remoto cada vez más pronto—. Bueno, el que estaba conmigo entonces. Me lo levantó una noche su amigo, por la calle, yo estaba de guardia. No me haga hablar mal de él, era su amigo, pero se pasó con el chico, la dichosa lanza, y éste se asustó y se puso nervioso con sus jueguecitos, usted lo dijo, me acuerdo, ocurre a veces, los arrepentidos, se pueden arrepentir por muchos motivos, también se asustan con lo que está fuera del programa. Perdió la cabeza y le arreó en la frente, y luego lo ensartó, vaya lanzazo, como si hubiera sido una bayoneta. No era mal chico, créame, estaba en la mili, aunque hace tiempo que no sé de él, lo mismo que aparecen desaparecen, no son sentimentales, a diferencia de los chulos de putas y los maridos. Me llamó aterrado, había que componer algo y alejar sospechas. —Gómez Alday pareció desamparado y débil por un momento, el pasado se hace remoto de golpe cuando desaparece de nuestra vida la persona que constituía el presente, el hilo de la continuidad se rompe y de pronto ayer queda muy lejos—. Qué quiere que le diga, qué iba a hacer sino echarle una mano, qué se gana con arruinar dos vidas en vez de una sola, sobre todo si la primera está despachada del todo.

Me quedé mirando su figura algo gruesa, se la veía alta hasta sentada en su silla. A él no le costaba sostenerme la mirada, sus ojos soñolientos podrían no haber parpadeado ni haberse desviado nunca, hasta el infierno sus ojos de bruma. Ya no hubo más debilidad en aquel rostro, fue un segundo.

—¿Quién le puso las gafas? —dije por fin— ¿A quién se le ocurrió ponérselas?

El inspector hizo un gesto de impaciencia, como si mi pregunta le hubiera hecho pensar que yo no merecía a la postre la explicación ni el relato.

—Déjese de historias —dijo—. No me pregunte por travesuras en medio de un homicidio. Haga sólo preguntas que importen.

—¿Y qué —le hice caso—, nadie quiso ver el cuerpo de la muerta tan viva? El juez, el forense.

Se encogió de hombros.

—No sea ingenuo. Aquí y en la morgue hacemos lo que queremos. Se investiga lo que interesa y nadie hace preguntas a quien no debe. De algo tuvieron que servirnos cuarenta años de hacer lo que nos diera la gana sin rendir cuentas a nadie, un aprendizaje largo. Me refiero a Franco, no sé si se acuerda. Aunque es parecido en todas partes, se aprende de muchas formas.

Gómez Alday no carecía de humor. No era alguien a quien debiera hacérsele tal pregunta, pero se la hice:

—¿Por qué apoyó tanto al chico? Aun así, se jugó usted mucho.

Hubo un fogonazo breve en los ojos adormecidos antes de que repitiera un gesto que ya le había visto con anterioridad: hizo girar su silla y me dio la espalda como si con ello pusiera punto final a su trato conmigo tan esporádico. Vi su nuca ancha mientras me decía:

—Me lo jugué todo. —Calló un momento y luego añadió desenfadadamente—: ¿Qué, usted no ha estado enamorado nunca?

Di media vuelta y abrí la puerta para marcharme. No contesté nada, pero me pareció recordar que sí.

En el tiempo indeciso

Lo vi dos veces en persona y la primera fue la más alegre y la más desdichada, aunque lo segundo sólo retrospectivamente, es decir, lo es ahora pero no lo era entonces, luego en realidad no debería decir tal cosa. Fue en la discoteca Joy a altas horas de la noche, sobre todo para él, se supone que los futbolistas deben estar acostados desde muy temprano, permanentemente concentrados en el próximo partido, o entrenando y durmiendo, viendo vídeos de otros equipos o del suyo propio, viéndose a sí mismos, sus aciertos y fallos y las oportunidades perdidas que siempre vuelven a perderse hasta el fin de los tiempos en esas películas, durmiendo y entrenando y alimentándose, una vida de bebés casados, conviene que tengan mujer para que les haga de madre y les vigile el horario. La mayoría no hacen ni caso, detestan dormir y detestan los entrenamientos, y los grandes piensan en el partido sólo cuando salen al campo y ven que más les vale ganarlo porque allí hay cien mil personas que sí llevan una semana dándole vueltas al enfrentamiento o pidiendo venganza contra los odiados rivales. Para los grandes los rivales sólo existen durante noventa minutos y nada más que por un motivo: están ahí para impedirles a ellos lograr lo que ansían, eso es todo. Luego podrían irse de copas con esos adversarios, si no estuviera mal visto. El resentimiento pertenece a los jugadores mediocres.

Él no era desde luego mediocre, y durante algún tiempo se pensó que sería un grande cuando estuviera más maduro y más centrado, lo cual no ocurrió nunca, o quizá demasiado tarde. Era húngaro como Kubala y Puskas y Kocsis y Czibor, pero su apellido era mucho más impronunciable para nosotros, se escribía Szentkuthy y la gente acabó llamándolo 'Kentucky', mucho más familiar y más castellano, y de ahí se lo apodó a veces con impropiedad 'Pollofrito' (no casaba con su complexión atlética), los locutores de radio más atrevidos y vehementes se permitían abusos cuando pisaba el área: 'Atención, Kentucky puede freír al Barça'. O bien: 'Ojo que Pollofrito puede hacer saltar la sartén por los aires, quiere organizar una de sus fritangas, cuidado que es todo aceite, aceite hirviendo, ¡ojo que quema, ojo que es resbaladizo y no se mezcla!'. Dio mucho juego a los periodistas, pero ellos olvidan pronto.

Cuando coincidí con él en la discoteca Joy llevaba temporada y media en Madrid y hablaba ya un buen español, muy correcto aunque limitado, con un innegable acento de lo más tolerable, parece que los centroeuropeos tengan siempre facilidad para las lenguas, somos los españoles los menos hábiles para aprender bien otras o pronunciarlas, ya lo decían los historiadores romanos, ese pueblo incapaz de pronunciar la *s* líquida, de Scipio como de Schillaci como de Szentkuthy: Escipión, Esquilache, Kentucky, han cambiado las tendencias lingüísticas. A Szentkuthy (lo llamaré por su verdadero nombre, puesto que lo escribo y no he de decirlo) ya le había dado tiempo a superar el deslumbramiento de un país nuevo y festivo y lujoso para su experiencia previa de acero, pero no todavía a tomárselo como algo natural y debido. Quizá estaba en ese momento que prosigue a toda consecución importante, en el que a uno ya no le parece un mero regalo o un milagro lo que ha logrado (ya da crédito) y empieza a temer por su permanencia, o mejor dicho, a vislumbrar como horror la vuelta posible al pasado con el que se estuvo conforme y uno tiende por tanto a borrarlo, yo no soy el que fui, soy sólo ahora, no vengo de ningún lado y no me conozco.

Conocidos comunes nos reunieron en la misma mesa, si bien durante largo rato él no se acercó a ella más que para recuperar un segundo su vaso y echar un trago entre baile y baile, una forma de entrenarse, un atleta incansable, por lo menos tendría cuerda para noventa minutos y una prórroga. Bailaba mal, con demasiado entusiasmo y poco ritmo, sin el mínimo de suficiencia necesario para armonizar los movimientos, y algunos de la mesa se reían de él, en este país un elemento de crueldad en todas las situaciones aunque nada obligue a ella, gusta hacer daño o creer que se hace. Vestía mejor que cuando llegó al equipo, según las fotos que vi en la prensa, pero no lo bastante si se lo comparaba con sus compañeros españoles, más estudiosos de la indumentaria, esto es, de los anuncios. Era uno de esos hombres que dan la impresión de llevar siempre la camisa por fuera de los pantalones aunque la lleven metida, la camiseta desde luego la llevaba por fuera en el terreno de juego cuando se lo consentía el árbitro. Por fin se sentó y ordenó a todos, con aspavientos y risa, que salieran a bailar para que él los viera mientras descansaba, ahora quería él divertirse pero sin malicia sin duda, sin crueldad ninguna, tal vez quería aprender de otros movimientos menos bisoños que los suyos. Yo fui el único que no le hizo caso, yo nunca bailo, sólo miro. No me insistió, no tanto porque no supiera quién era, no me conociera —eso parecía importarle poco, en la certidumbre de que a él sí lo conocía todo el mundo—, cuanto por mi gesto firme de negativa. Moví la cabeza de un lado a otro como solemos hacerlo los habitantes de las ciudades cuando negamos a un mendigo una limosna sin aflojar el paso. La comparación no es mía, fue suya:

—Parece que me haya negado usted una limosna —dijo cuando nos quedamos solos, los demás en la pista para complacerlo. Utilizaba el 'usted' como buen extranjero que tiene aún presentes las reglas, no era malo su vocabulario, la palabra 'limosna' no es tan frecuente.

—¿Cómo lo sabes? ¿Te la han negado alguna vez? —dije yo, y lo tuteé en cambio, por la diferencia de edad y por algún complejo de superioridad inconsciente, del cual en seguida adquirí conciencia y por eso añadí—: Podemos tutearnos. —Y aun así lo añadí como quien concede un permiso.

—¿Y a quién no? Hay muchos tipos de limosnas. Soy Szentkuthy —dijo ofreciéndome la mano—, aquí nadie presenta a nadie.

Era un tipo listo: se conducía de acuerdo con la realidad (todo el mundo sabía quién era), pero negaba ese comportamiento con las palabras. Es decir, distinguía entre ambas cosas, lo cual no es tan fácil sin resultar abrumadoramente hipócrita o detestablemente ingenuo. Yo le dije mi nombre, añadí mi profesión, le estreché la mano. No me preguntó por esa profesión tan lejana a la suya, no le interesaba ni para llenar una conversación impensada y seguramente indeseada, él contaba con haberse quedado solo en la mesa contemplando el baile. Tenía el pelo rubio partido en dos bloques ondulados y casi simétricos peinados hacia atrás como si fuera un director de orquesta, una sonrisa cuadrada como de tebeo, la nariz un poco ancha, unos ojos azules muy pequeños y muy brillantes, como diminutas bombillas de feria.

—¿Con cuál estás? —le dije señalando con la cabeza negadora hacia las mujeres de la pista, habían salido todas en grupo—. ¿Cuál es tu novia? ¿Con cuál de ellas estás? —insistí para hacer más clara la pregunta.

Pareció gustarle que no le hablara en seguida del equipo ni del entrenador ni del campeonato y quizá por eso contestó sin pudor y con una sonrisa casi infantil. Su orgullo no era ofensivo ni vejatorio, ni siquiera para las mujeres, lo dijo como si ellas lo hubieran elegido a él, no al revés, y quizá había sido así:

—De las seis de la mesa —dijo—, he estado ya con tres, ¿qué le parece? —Y alzó tres dedos de la mano izquierda, con el estrépito no era fácil oírse. Él seguía llamándome de usted, la reiteración me hizo sentir algo viejo.

—Y hoy qué toca —respondí—, repetirse o renovar.

Él rió.

—Repetirse sólo si no hay más remedio.

—Un coleccionista, ¿eh? ¿Qué más coleccionas? Bueno, goles aparte.

Se quedó pensando un instante.

—Eso, goles y mujeres, nada más. Cada gol una mujer distinta, es mi forma de celebrarlos —dijo risueño, tanto que parecía una mera broma y no cierto.

Llevaba unos veinte marcados en lo que iba de temporada, sólo en el campeonato de Liga, seis o siete más entre la Copa y la competición europea. Yo suelo seguir el fútbol, en realidad habría preferido hablarle del juego, preguntarle como un admirador más, un hincha. Pero él debía de estar aburrido de eso.

—¿Siempre fue así? ¿También en Hungría, en el Honved? —Se lo había fichado de ese equipo de Budapest, donde él había nacido.

—Oh no, en Hungría no —dijo serio—. Allí tenía una novia.

—¿Qué ha sido de ella? —le pregunté.

—Ella me escribe —dijo escuetamente y sin ninguna sonrisa.

—¿Y tú?

—Yo no abro sus cartas.

Szentkuthy tenía entonces veintitrés años, era un crío, me extrañó que tuviera la fuerza de voluntad, o la ausencia de curiosidad necesaria para semejante cosa. Aunque supiera el contenido probable de aquellas cartas, es difícil no querer saber cómo se dice. También tenía que tener dureza.

—¿Por qué? ¿Y ella sigue escribiéndote a pesar de todo?

—Sí —respondió como si no hubiera nada de raro en ello—. Ella me quiere. Yo no puedo ocuparme de ella, pero no lo entiende.

—¿Qué es lo que no entiende?

—Ella ve las cosas para siempre, no entiende que las cosas cambien, no entiende que yo no cumpla las promesas que le hice un día, hace muchos años.

—Promesas de amor eterno.

—Sí, quién no las ha hecho y nadie las cumple. Todos hablamos mucho, las mujeres exigen que se les hable, por eso yo aprendo la lengua del país muy rápido, ellas siempre quieren que se les hable, después sobre todo, yo preferiría no decir nada después ni antes, como en el fútbol, metes un gol y gritas, no hace falta decir ni prometer ninguna cosa, se sabe que meterás más goles, eso es todo. Ella no entiende, ella cree que soy suyo, para siempre. Es muy joven.

—Quizá aprenda con el tiempo, entonces.

—No, no lo creo, usted no la conoce. Para ella seré siempre suyo. *Siempre.*

Esta última palabra la dijo con voz ominosa y respeto, como si ese 'siempre' que no era de él, sino de ella, que él negaba con los hechos a diario y con la distancia, supiera sin embargo que tenía más fuerza que cualquiera de sus negaciones, que cualquiera de sus goles madrileños y sus mujeres volátiles y conmutables. Como si supiera que uno no puede hacer nada contra una voluntad afirmativa, cuando la propia es sólo una voluntad que remolonea y niega, la gente se convence de que quiere algo como medio más eficaz para conseguirlo, y esa gente siempre tendrá ventaja frente a los que no saben qué quieren o están enterados sólo de lo que no desean. Los que somos así estamos inermes, padecemos una debilidad extraordinaria de la que no siempre somos conscientes y así nos puede anular fácilmente otra fuerza mayor que nos ha elegido, de la que escapamos sólo durante algún tiempo, las hay infinitamente resueltas e infinitamente pacien-

tes. Por la manera en que Szentkuthy había dicho 'siempre'
supe que acabaría casándose con aquella joven de su país que
escribía, eso pensé entonces sin mucha intensidad, en realidad
era un pensamiento circunstancial y anecdótico, me resultaba
indiferente, no veía a Szentkuthy más que por televisión o en
el estadio, tanto como pudiera, eso sí, yo adoraba su juego.

Volvían a la mesa algunos de los bailarines, así que le dije:

—Cuidado, Kentucky, una de las tres mujeres con las que
no has estado viene conmigo.

Soltó una carcajada elemental y estruendosa que se impu-
so a la música y salió otra vez a la pista. Desde allí me gritó,
antes de ponerse de nuevo en danza:

—Y es suya, ¿verdad? ¡Es suya para siempre!

No lo era, pero ella y yo nos fuimos antes de que él agota-
ra la prórroga de su baile y viera si esa noche podía renovar
o tenía que repetirse. Por la tarde le había marcado tres goles
al Valencia. Me acordé un momento de su compatriota Kocsis, un interior del Barcelona a quien se apodaba 'Cabecita de
oro' si no me equivoco, se suicidó hace años, bastantes después de haberse retirado. No sé por qué pensé en él y no en
Kubala o en Puskas, que supieron divertirse y hacer luego carrera como entrenadores. Al fin y al cabo, Szentkuthy se estaba divirtiendo aquella noche.

Lo seguí viendo jugar durante dos temporadas más, en las
que tuvo altibajos pero dejó varias imágenes para el recuerdo.
Predomina en mi memoria la que predomina para cuantos la
vieron: en un partido de Copa de Europa contra el Inter de
Milán, en el que faltaba un gol para alcanzar las semifinales,
restaban sólo diez o doce minutos cuando Szentkuthy recibió el balón en su propio campo tras el rebote de un córner
contra su portería. Estaba solo para montar el contraataque y
había dos defensas todavía, rezagados, entre él y el guardame-
ta rival; se deshizo de uno ganándole en la carrera y del otro
en un quiebro antes de llegar al área; salió el portero hasta allí
a la desesperada, Szentkuthy lo regateó también y esquivó el

penalty que trató de hacerle; levantó entonces la vista hacia la meta completamente vacía, no tenía más que golpear el balón desde el borde del área para marcar el gol que todo el estadio ya veía y ansiaba con ese resto de zozobra que siempre existe entre lo inminente y seguro y su llegada efectiva. El murmullo de excitación se tornó silencio repentino, ocultaba un grito ahogado en cien mil gargantas, que no salía: '¡Chuta! ¡Chuta ya, por amor de Dios!', todo sería definitivo con el balón en la red, no antes, había que verlo allí dentro. Szentkuthy no chutó, sino que siguió avanzando con el balón pegado al pie, controlado, hasta la línea de gol y allí mismo lo paró con la suela de la bota. Durante un segundo lo mantuvo quieto, sujeto por su bota contra la hierba o contra la cal de la línea, sin permitir que la traspasara. Otros dos defensas italianos corrían hacia él como rayos, también el portero recuperado. Era imposible que llegaran a tiempo, Szentkuthy sólo tenía que soltarlo para que cruzara esa línea, pero en el fútbol nada se ve seguro hasta que sucede. No recuerdo un silencio más asfixiado en un estadio. Fue tan sólo un segundo pero no creo que se le haya borrado a ninguno de los espectadores. Marcó la diferencia abismal entre lo inevitable y lo ya no evitado, entre lo que aún es futuro y lo que ya ha pasado, entre el 'Aún no' y el 'Ya está', a cuya transición palpable nos es dado asistir muy pocas veces. Cuando el portero y los dos defensas se le echaban encima, Szentkuthy hizo rodar suavemente el balón con la suela unos centímetros y volvió a pararlo una vez que hubo atravesado la línea de meta. No lo envió a la red, lo hizo avanzar sólo lo justo para que lo que aún no era gol ya lo fuera. Nunca se hizo tan manifiesto el muro invisible que cierra una portería. Fue un desdén y una chulería, el estadio se vino abajo y se cubrió de pañuelos, se juntaron la impresión admirable de la jugada entera y el alivio tras el sufrimiento superfluo al que Szentkuthy había sometido a cien mil personas y a unos cuantos millones más que lo vivieron desde sus casas. Los locutores de radio tuvieron que suspender su grito, lo dieron sólo cuando él lo quiso, no un segundo antes. Negó la inminencia, y no es tanto que detuviera el tiempo cuanto que lo marcó y lo volvió indeciso, como si estuviera diciendo: 'Yo soy el artífice y será cuando yo lo diga, no cuando queráis vosotros. Si es, pues soy yo quien decide.' No se puede pensar en lo que habría ocurrido si el portero llega a tiempo y le saca el balón de debajo de la bota. No se puede pensar porque no ocurrió y porque da mucho miedo, nadie perdona a quien se recrea en la suerte si la suerte le da la espalda como castigo tras haber estado a su favor totalmente. Cualquier otro jugador habría disparado a puerta vacía desde el borde del área cuando ya no hubo obstáculos, con su voluntad afirmativa de ganar la eliminatoria y ganarla cuanto antes. La voluntad de Szentkuthy era cuando menos vacilante, como si quisiera subrayar que no hay nada inevitable: va a ser gol, pero vean, también podría no serlo.

Aquella temporada no fue buena en su conjunto pese a esta jugada o quizá por ella, y la siguiente fue nefasta. Szentkuthy parecía desganado, apenas marcaba goles y sólo jugaba a ráfagas, se lesionó en el mes de enero y ya no se recuperó en todo el campeonato, lo pasó casi en blanco.

En una ocasión me invitaron a presenciar un partido en el palco presidencial, y al lado me tocó Szentkuthy, a mi izquierda; a la suya había una joven con aire un poco anticuado, oí que hablaban en húngaro, me dije que sería húngaro, no entendía una palabra. No me reconoció como es lógico, apenas si me miró, estaba embebido en el juego, como si se hallara en el césped con sus compañeros, en tensión alerta. De vez en cuando les chillaba en español porque desde allí veía muy claro lo que tenían que hacer en cada oportunidad perdida. Era evidente que sufría por no estar abajo con ellos. Cuando no le quedaran goles sólo le quedarían las mujeres, pensé. Cuando se retirara sería siempre demasiado joven.

En el descanso volvió a la realidad pero no se movió del sitio pese a la tarde fría, soleada. Fue entonces cuando me atreví a dirigirle la palabra. Iba mejor vestido, con corbata y abrigo con el cuello subido, había visto más anuncios; fumó un cigarrillo en cada tiempo, delante de sus jefes y de las cámaras.

—¿Cuándo te vemos otra vez de corto, Kentucky? —le pregunté.

—*Dos* semanas —dijo, y levantó dos dedos como para confirmarlo con hechos. Era el mes de febrero.

La joven, que entendería poco pero lo suficiente, hizo un gesto dubitativo acompañado de una sonrisa modesta y levantó tres dedos, luego un cuarto, como llamándolo a la verdad. Su intervención me permitió preguntarle a él:

—¿La señora es también húngara?

—Sí, es húngara —contestó—, pero no es la señora. —Tenía un sentido de la literalidad propia de quienes hablan lenguas que no son suyas—. Es mi novia.

—Mucho gusto —dije yo, y le di la mano y añadí mi nombre, presentándome, esta vez sin profesión.

—Encantada, señor —acertó a decir ella con inseguridad, quizá una frase suelta aprendida sin contexto, como se aprende en seguida 'Adiós' y 'Gracias'. No dijo más, se hundió de nuevo en su asiento, mirando al frente, al estadio abarrotado y un poco sesteante aquel domingo. Decir algo de ella sería por mi parte demasiado atrevimiento, la vi de perfil y la oí aún menos. Sólo que era muy joven y bastante agraciada, con un aire tímido y a la vez convencido, una voluntad afirmativa. Nada espectacular si se la comparaba con las chicas de la discoteca Joy, ni siquiera con la mujer que aquella noche venía conmigo, hacía tiempo que no la veía, quién sabía si se habrían encontrado de nuevo, Szentkuthy y ella, otra noche de farra en la que a mí ya no me hubiera importado con quién se fuese. No sé nada de ella y bien poco sabía ya entonces, aquella tarde en el palco.

El partido estaba empatado a cero y el equipo jugaba mal, voluntariosamente pero nada inspirado. En jornadas así se echaba en falta a Szentkuthy, aunque hasta su lesión no hubiera brillado.

—¿Qué, cómo va a acabar esto? —le pregunté.

Me miró con aire de superioridad momentánea, probablemente porque yo le pedía opinión, pero ese aire lo he visto a menudo en los hombres recién casados, aunque él aún no se había casado. A veces es la expresión de un esfuerzo de respetabilidad que llevan a cabo los calaveras para halagar a sus mujeres o novias cuando acaban de contraer matrimonio o están a punto de hacerlo. Luego lo abandonan, el esfuerzo.

—Podemos ganar fácil, podemos perder difícil.

No entendí bien lo que quería decir y me quedé dándole vueltas durante el segundo tiempo. Si ganaban, sería con facilidad; si perdían, sería con dificultad; o bien, era fácil que ganaran y difícil que perdieran, tal vez era eso, imposible saberlo. Él no estaba por la charla y no quise insistir. Se volvió hacia su novia en seguida, hablaron en húngaro y en voz casi baja. Era una de esas mujeres que para reclamar la atención del marido o el novio le tiran con dos dedos de la manga o le introducen la mano en el bolsillo del abrigo, no sabría explicarlo de otra forma, tampoco debo.

En el segundo tiempo se ganó tres a cero y el equipo jugó muy bien casi siempre a partir de entonces. A Szentkuthy, por tanto, se lo echó poco de menos. Su rodilla evolucionó mucho peor de lo que se pensó al principio, mucho peor de lo que se pensaba en febrero y en marzo y en abril y en mayo. O bien él no fue obediente en su convalecencia tras el quirófano. Tuvo algún conflicto con el entrenador y al término de la temporada se le dio la baja, se lo traspasó al fútbol francés, al que van los grandes cuando parece que no llegarán a serlo del todo ni se los recordará como tales. Jugó tres años más en el Nantes sin muchos alardes, aquí se supo de él poco, los periodistas olvidan pronto, tan pronto que la noticia de su muerte sólo ha aparecido con algún detalle en la prensa deportiva que yo no suelo comprar, un sobrino mío me enseñó el recorte. Hace ya ocho años que Szentkuthy dejó Madrid, seguramente hacía cinco que ya no jugaba al fútbol a menos que se hubiera arrastrado por los desconocidos equipos de su país, aquí no se sabe casi nada de Hungría. Un hombre de treinta y tres años a la hora de su muerte, un hombre joven sin goles nuevos y con sus vídeos demasiado vistos, sólo podría coleccionar mujeres en su Budapest natal, allí seguiría siendo un ídolo, el niño que se marchó y triunfó lejos y vivirá ya siempre del recuerdo orgulloso de sus hazañas remotas cada vez más difuminadas. Ya no vive porque le han disparado en el pecho, y quizá hubo un segundo en que su mujer convencida y tímida flaqueó en su voluntad afirmativa y dudó si apretar el gatillo tan duro con sus dos dedos frágiles aunque a la vez supiera que lo apretaría. Quizá hubo un segundo en que se negó la inminencia y el tiempo fue marcado y se volvió indeciso, y en el que Szentkuthy vio claros la línea divisoria y el muro normalmente invisible que separan vida y muerte, el único 'Aún no' y el único 'Ya está' que cuentan. A veces están en poder de las cosas más nimias, de unos dedos sin fuerza que se han cansado de buscar un bolsillo y tirar de una manga, o de la suela de una bota.

No más amores

Es muy posible que los fantasmas, si es que aún existen, tengan por criterio contravenir los deseos de los inquilinos mortales, apareciendo si su presencia no es bien recibida y escondiéndose si se los espera y reclama. Aunque a veces se ha llegado a algunos pactos, como se sabe gracias a la documentación acumulada por Lord Halifax y Lord Rymer en los años treinta.

Uno de los casos más modestos y conmovedores es el de una anciana de la localidad de Rye, hacia 1910: un lugar propicio para este tipo de relaciones imperecederas, ya que en él y en la misma casa, Lamb House, vivieron durante algunos años Henry James y Edward Frederic Benson (cada uno por su lado y en periodos distintos, y el segundo llegó a ser alcalde), dos de los escritores que más y mejor se han ocupado de tales visitas y esperas, o quizá nostalgias. Esta anciana, en su juventud (Molly Morgan Muir era su nombre), había sido señorita de compañía de otra mujer mayor y adinerada a quien, entre otros servicios prestados, leía novelas en voz alta para disipar el tedio de su falta de necesidades y de una viudez temprana para la que no había habido remedio: la señora Cromer-Blake había sufrido algún desengaño ilícito tras su breve matrimonio según se decía en el pueblo, y eso seguramente —más que la muerte del marido poco o nada memorable— la había hecho áspera y reconcentrada a una edad en que esas características en una mujer ya no pueden resultar intrigantes ni todavía objeto de broma y entrañables. El hastío la llevaba a ser tan perezosa que difícilmente era capaz de leer por sí sola y en silencio y a solas, de ahí que exigiera de su acompañante que le transmitiera en voz alta las aventuras y los sentimientos que cada día que ella cumplía —y los cumplía muy rápida y monótonamente— parecían más alejados de aquella casa. La señora escuchaba siempre callada y absorta, y sólo de vez en cuando le pedía a Molly Morgan Muir que le repitiera algún pasaje o algún diálogo del que no se quería despedir para siempre sin hacer amago de retenerlo. Al terminar, su único comentario solía ser: 'Molly, tienes una hermosa voz. Con ella encontrarás amores.'

Y era durante estas sesiones cuando el fantasma de la casa hacía su aparición: cada tarde, mientras Molly pronunciaba las palabras de Stevenson o Jane Austen o Dumas o Conan Doyle, veía difusamente la figura de un hombre joven y de aspecto rural, un mozo de cuadra o de establo. La primera vez que lo vio, de pie y con los codos apoyados en el respaldo del sillón que ocupaba la señora, como si escuchara atentamente el texto que recitaba ella, estuvo a punto de gritar del susto. Pero en seguida el joven se llevó el índice a los labios y le hizo tranquilizadoras señas de que continuara y no denunciara su presencia. Su rostro era inofensivo, con una tímida sonrisa perpetua en los ojos burlones, alternada tan sólo, en algunos momentos graves de la lectura, con una seriedad alarmada e ingenua propia de quien no distingue del todo entre lo acaecido y lo imaginado. La joven obedeció, aunque no pudo evitar aquel día levantar la vista demasiadas veces y dirigirla por encima del moño de la señora Cromer-Blake, que a su vez alzaba la suya inquieta como si no estuviera segura de llevar derecho un sombrero hipotético o debidamente iluminada una aureola. '¿Qué ocurre, niña?', le dijo alterada. '¿Qué es lo que miras ahí arriba?' 'Nada', contestó Molly Muir, 'es una manera de descansar los ojos para volver a fijarlos luego. Tanto rato me los fatigaría.' El joven asintió con su pañuelo al cuello y la explicación bastó para que en lo sucesivo la señorita mantuviera su costumbre y pudiera saciar al menos su curiosidad visiva. Porque a partir de entonces, tarde tras tarde y con pocas excepciones, leyó para su señora y también para él, sin que aquélla se diera jamás la vuelta ni supiera de las intrusiones de éste.

El joven no rondaba ni se aparecía en ningún otro instante, por lo que Molly Muir no tuvo nunca ocasión, a través de los años, de hablar con él ni de preguntarle quién era o había sido o por qué la escuchaba. Pensó en la posibilidad de que fuera el causante del desengaño ilícito padecido por su señora en un tiempo pasado, pero de los labios de ésta jamás salieron las confidencias, pese a las insinuaciones de tantas páginas leídas y de la propia Molly en las lentas conversaciones nocturnas de media vida. Tal vez aquel rumor era falso y la señora no tenía en verdad nada que contar digno de cuento y por eso pedía oír los remotos y ajenos y más improbables. En más de una oportunidad estuvo Molly tentada de ser piadosa y relatarle lo que ocurría todas las tardes a sus espaldas, hacerla partícipe de su pequeña emoción cotidiana, comunicarle la existencia de un hombre entre aquellas paredes cada vez más asexuadas y taciturnas en las que sólo resonaban, a veces durante noches y días seguidos, las voces femeninas de ambas, cada vez más avejentada y confusa la de la señora, cada mañana un poco menos hermosa y más débil y huida la de Molly Muir, que en contra de las predicciones no le había traído amores, o al menos no que se quedaran y pudieran tocarse. Pero siempre que estuvo a punto de caer en la tentación recordó al instante el gesto discreto del joven —el índice sobre los labios, repetido de vez en cuando con los ojos de leve guasa—, y guardó silencio. Lo último que deseaba era enfadarlo. Quizá era sólo que los fantasmas se aburren igual que las viudas.

Cuando la señora Cromer-Blake murió, ella siguió en la casa, y durante unos días, afligida y desconcertada, dejó de leer: el joven no apareció. Convencida de que aquel muchacho rural deseaba tener la instrucción de la que seguramente había carecido en vida, pero también temerosa de que no fuera así y de que su presencia hubiera estado relacionada misteriosamente con la señora tan sólo, decidió volver a leer en voz alta para invocarlo, y no sólo novelas, sino tratados de historia y de ciencias naturales. El joven tardó algunas fechas en reaparecer —quién sabe si guardan luto los fantasmas, con más motivo que nadie—, pero por fin lo hizo, tal vez atraído por las nuevas materias, acerca de las cuales siguió escuchando con la misma atención, aunque ya no de pie y acodado sobre el respaldo, sino cómodamente sentado en el sillón vacante, a veces con las piernas cruzadas y una pipa encendida en la mano, como el patriarca que nunca debió de ser.

La joven, que se fue haciendo mayor, le hablaba con cada vez más confianza, pero sin obtener nunca respuesta: los fantasmas no siempre pueden o quieren hablar. Y con esa siempre mayor y unilateral confianza transcurrieron los años, hasta que llegó un día en que el muchacho no se presentó, y tampoco lo hizo durante los días ni las semanas siguientes. La joven que ya era casi vieja se preocupó al principio como una madre, temiendo que le hubiera sucedido algún percance grave o desgracia, sin darse cuenta de que ese verbo sólo cabe entre los mortales y que quienes no lo son están a salvo. Cuando reparó en ello su preocupación dio paso a la desesperación: tarde tras tarde contemplaba el sillón vacío e increpaba al silencio, hacía dolidas preguntas a la nada, lanzaba reproches al aire invisible, se preguntaba cuál había sido su falta o error y buscaba con afán nuevos textos que pudieran atraer la curiosidad del joven y hacerlo volver, nuevas disciplinas y nuevas novelas, y esperaba con avidez cada nueva entrega de Sherlock Holmes, en cuya habilidad y lirismo confiaba más que en casi ningún otro cebo científico o literario. Y seguía leyendo en voz alta a diario, por ver si él acudía.

Una tarde, al cabo de meses de desolación, se encontró con que la señal del libro de Dickens que le estaba leyendo pacientemente en ausencia no se hallaba donde la había dejado, sino muchas páginas más adelante. Leyó con atención allí donde él la había puesto, y entonces comprendió con amargura y sufrió el desengaño de toda vida, por recóndita y quieta que sea. Había una frase del texto que decía: 'Y ella envejeció y se llenó de arrugas, y su voz cascada ya no le resultaba grata'. Cuenta Lord Rymer que la anciana se indignó como una esposa repudiada, y que lejos de resignarse y callar le dijo al vacío con gran reproche: 'Eres injusto. Tú no envejeces y quieres voces gratas y juveniles, y contemplar caras tersas y luminosas. No creas que no lo entiendo, eres joven y lo serás ya siempre. Pero yo te he instruido y distraído durante años, y si gracias a mí has aprendido tantas cosas y también a leer no es para que ahora me dejes mensajes ofensivos a través de mis textos que he compartido contigo siempre. Ten en cuenta que cuando murió la señora yo podía haber leído en silencio, y no lo hice. Comprendo que puedas ir en busca de otras voces, nada te ata a mí y es cierto que nunca me has pedido nada, luego tampoco nada me debes. Pero si conoces el agradecimiento, te pido que al menos vengas una vez a la semana a escucharme y tengas paciencia con mi voz que ya no es hermosa y ya no te agrada, porque no va a traerme más amores. Yo me esforzaré y seguiré leyendo lo mejor posible. Pero ven, porque ahora que ya soy vieja soy yo quien necesita de tu distracción y presencia'.

Según Lord Rymer, el fantasma del joven rústico eterno no fue enteramente desaprensivo y atendió a razones o supo lo que era el agradecimiento: a partir de entonces, y hasta su muerte, Molly Morgan Muir esperó con ilusión e impaciencia la llegada del día elegido en que su impalpable amor silencioso accedía a volver al pasado de su tiempo en el que en realidad ya no había ningún pasado ni ningún tiempo, la llegada de cada miércoles. Y se piensa que quizá fue eso lo que la mantuvo todavía viva durante bastantes años, es decir, con pasado y presente y también futuro, o quizá son nostalgias.

TAMBIÉN DE JAVIER MARÍAS

CORAZÓN TAN BLANCO

Pocos meses después de su viaje de novios y sin aún haber podido, o querido, adaptarse a su cambio de estado, Juan se entera casi sin querer de que Teresa, la primera mujer de su padre, se quitó la vida al regreso de su propia luna de miel. Sólo una persona conoce el porqué y ha guardado durante años ese oscuro secreto. A partir de ese momento, el narrador sentirá un creciente malestar —un "presentimiento de desastre"— respecto a su recién inaugurado matrimonio e intuirá que la explicación tal vez esté en el pasado y por tanto en su propio origen. *Corazón tan blanco* sutilmente desarrolla una fascinante doble acción: la del pasado misterioso y amenazante, y la del presente inestable y amenazado.

Ficción

TODAS LAS ALMAS

Todas las almas coincide con un nombre bien conocido en Oxford, el All Souls College, miembro del grupo de colegios que integran la famosa universidad. Con una buena dosis de humor negro, el narrador nos presenta una serie de cautivadores y extraordinariamente divertidos personajes: su amante casada, Clare Bayes, una mujer condicionada por algo que presenció pero que no recuerda; su amigo Cromer-Blake, un hombre que vive fabricando experiencias intensas para una vejez que prevé solitaria; el ya retirado y sagaz profesor Toby Rylands; y muchos otros, hasta llegar al enigmático escritor John Gawsworth.

Ficción

TAMBIÉN DISPONIBLES
Mañana en la batalla piensa en mi
Negra espalda del tiempo

VINTAGE ESPAÑOL
Disponibles en su librería favorita.
www.randomhouse.com